人魚不哭

MERMAID DON'T CRY

在人魚公主化為泡沫的那一瞬間，
她是否還能覺得自己愛過？

是否還能無悔那些為愛付出的曾經？

出・版・緣・起

三百六十度全媒體出版

城邦原創創辦人　何飛鵬

當數位變革浪潮風起雲湧之際，做爲一個紙本出版人，我就開始預想會不會有數位原生內容出版社出現？如果會的話，數位原生出版會以什麼樣貌出現？而我又將如何面對這種數位原生出版行爲？

就在這個時候，我看到了大陸的起點網，這個線上創作平台，聚集了無數的寫手，形成數量龐大的創作內容，無數的素人作家在此找到了夢許之地，也成就了一個創作與閱讀的交流平台，而手機付費閱讀的習慣養成，更讓起點網成爲全世界獨一無二、有生意模式的創作閱讀平台。

基於這樣的想像，我們決定在繁體中文世界打造另一個線上創作平台，這就是POPO原創網誕生的背景。

做爲一個後進者，再加上我們源自紙本出版工作者，因此我們在POPO上增加了許多的新功能，除了必備的創作機制之外，專業編輯的協助必不可少，因此我們保留了實體出版的編輯角色，讓有心成爲專業作家的人，能夠得到編輯的協助，我們會觀察寫作者的內容、進度，選擇有潛力的創作者，給予意見，並在正式收費出版之前，進行最終的包裝，並適當的加入行銷概念，讓讀者能快速認識作者與作品。

這就是ＰＯＰＯ原創平台，一個集全素人創作、編輯、公開發行、閱讀、收費與互動的一條龍全數位的價值鏈。

經過這些年的實驗之後，ＰＯＰＯ已成功的培養出一些線上原創作者，也擁有部分對新生事物好奇的讀者，不過我們也看到其中的不足——我們並未提供紙本出版服務。

眞實世界中，仍有許多作家用紙寫作，還有更多讀者習慣紙本閱讀，如果我們只提供線上服務，似乎仍有缺憾。

爲此我們決定拼上最後一塊全媒體出版的拼圖，爲創作者再提供紙本出版的服務，讓所有在線上創作的作家、作品，有機會用紙本媒介與讀者溝通，這是ＰＯＰＯ原創紙本出版品的由來。

如果說線上創作是無門檻的出版行爲，而紙本則有門檻的限制，線上世界寫作只要有心，就能上網、就可露出，就有人會閱讀，沒有印刷成本的門檻限制。可是回到紙本，門檻限制依舊在。因此，我們會針對ＰＯＰＯ原創網上適合紙本出版的作品，提供紙本出版的服務，我們無法讓所有線上作品都有線下紙本出版品，但我們開啓一種可能，也讓ＰＯＰＯ原創網完成了「三百六十度全媒體出版」的完整產業及閱讀鏈。

不過我們的紙本出版服務，與線下出版社仍有不同，我們提供了不同規格的紙本出版服務：（一）符合紙本出版規格的大眾出版品，門檻在三千本以上。（二）印刷規格在五百到三千本之間的試驗型出版品。（三）五百本以下，少量的限量出版品。

我們的宗旨是：「替作者圓夢，替讀者服務」，在作者與讀者之間搭起一座無障礙橋梁。

我們的信念是：「一日出版人，終生出版人」、「內容永有、書本不死、只是轉型、只是改變」。

我們更相信：知識是改變一個人、一個組織、一個社會、一個國家的起點。讓想像實現、讓創意露出、讓經驗傳承、讓知識留存。我手寫我思，我手寫我見，我手寫我知，我手寫我創，變成一本本的書，這是人類持續向前的動力。

我們永遠是「讀書花園的園丁」，不論實體或虛擬、線上或線下、紙本或數位，我們永遠在，城邦、ＰＯＰＯ原創永遠是閱讀世界的一顆螺絲釘。

楔子

在這片天空之下，是否一切平等？

在每個人一生中，幸福的額度是否都是有限的？

愛，是否其實只是人所想像出來的虛幻產物？

人魚公主爲了愛情而捨去自己的聲音，只願生出雙腿，走到王子身邊，然而王子最終還是另娶他人，她不忍心殺死王子，只能化爲泡沫消失在海上。

她後悔嗎？

她這樣的行爲是爲愛付出嗎？

她覺得自己得到過愛嗎？

是否因爲每個人對於愛的定義不同，所以有些人終其一生無法體會什麼是愛，而有些人卻得以沐浴在愛之中？

在這片天空之下，也許一切都是不平等的。

太陽照射大地，卻不是每處都能沐浴在陽光之下，就像我，注定只能站在陰暗的角落，得不到陽光，也得不到所謂的愛。

所以，我不相信愛。
也唾棄愚笨的人魚公主。

第一章

白色的煙霧順著我吐出的氣息飄散在空氣中，那難聞的菸草味纏繞著指尖，在鼻腔內久久無法散去。

用力深吸一口氣，閉起眼睛感受焦油充斥肺部的焦慮，我皺起眉頭，將只吸了一口的菸丟到陽台地板上踩熄。

「柴小熙，吃飯了，要叫幾次？」那女人的手重重拍打在房門上，發出沉悶的聲響。

「喔。」我應了聲，撿起地上的菸蒂，將這唯一一根、從爸爸放在桌上的菸盒裡拿來的菸，隨意往樓下丟去。

趴在陽台邊，我盯著下方街道的車水馬龍，覺得頭暈目眩。

走近餐桌，那女人與爸爸已經開始用餐，本來眉開眼笑的她一瞥見我，臉色立刻沉了下來：「叫妳吃個飯還要三催四請？不如下次直接說妳不要吃如何？」

我對那女人說的話充耳不聞，逕自拉開椅子坐下，拿起筷子隨意夾了幾根青菜。

「小熙，吃點肉，妳媽媽煮的肉很鬆軟好吃喔。」爸爸夾了一塊肥美的豬肉放到我碗中。

不屑。

「千萬不要啊！叫我『媽媽』？我承受不起。」那女人用誇張的語調說，眼神充滿

我斜睨她一眼，又看見爸爸一臉為難的模樣，於是我什麼也沒說，默默吃完那頓飯後，回到自己的房內。

關門前，我聽見爸爸用氣音小聲和那女人說：「妳為什麼要這樣說話？」

「不然要怎麼說話？不就是要用這樣的態度嗎？」女人完全不想壓低嗓門。

房門闔上那一刻，我最後聽見的是爸爸討好她的聲音。

拿起耳罩式耳機，將音樂調到最大聲，讓旋律轟隆隆地震破我的耳膜，就不會有心思再想任何事情。

我不知不覺地睡著，卻被手機連續不斷的訊息提示音吵醒，睜開眼睛，耳機已經掉落床底下，我拿起手機滑過螢幕，訊息來自許多人──

「妳要轉學了？」

「怎麼都沒有說要離開了？」

「那以後還有機會見面嗎？」

「妳對我有認真過嗎？」

「賤女人！」

「最可悲的是妳愛的人不愛妳，祝福妳也如此。」

沒打算看完所有的訊息，我直接刪掉原有的LINE帳號，重新申辦了一個新的，將過去一切全數刪除。

穿著舊高中制服搭上捷運，來到距離我家五站的三淵高中。

今天是轉學第一天，沒有家長的陪同，轉學理由也是我個人的意願，而非出自家庭考量。

在警衛室向警衛說明來意時，進出校門口的學生不時朝我投來好奇的目光，畢竟我一身粉紅水手服，和該校白襯衫、黑裙黑褲的校服差異太大。

導師過來教務處接我，她是個神色嚴肅的中年婦女，一頭短髮梳得一絲不苟，嘴角緊抿，服裝也很中規中矩，如此外型通常表示她的個性傳統保守。

我和傳統最不合。

「我是妳的班導張雲嬌。柴小熙，妳的轉學理由只填寫了個人因素考量，是什麼因素呢？」這位戴著眼鏡、咬字清晰的老師，在帶我走去教室的路上如此詢問。

「不是欺負人也不是被欺負。」我簡單地回答，「當然也不是身體不好。」

「那是……」

「張老師，那是我的『個人因素』。」我刻意加重那四個字的語氣，並微笑看著她。

導師微微瞠大了眼，似乎對我這樣的態度感到不滿。

「不管妳以前在那所高中發生過什麼，三淵是一間歷史悠久的學校，不由得你們胡作非為，這裡的學生全都溫和有禮、乖巧無比……」她話都還沒說完，前方教室的窗戶就飛出一雙……應該說一隻皮鞋，「咚」地掉在走廊上。

教室裡響起一陣哄堂大笑，接著後門出現一個男生的身影，他背對著我們單腳跳往那隻孤伶伶的鞋子。

「根據鞋子掉落的方向，我預測今天的轉學生是……女生！」那個男生大喊。

隨即有幾個人從教室窗戶探出頭來，臉上都掛著興高采烈的表情。

其中一個褐髮的女生扭頭瞥見我和班導站在一起，馬上大喊：「老師來了！」

瞬間，那幾個人把頭縮回窗戶裡，現場一片靜默。

而那個背對我們的男生僵立原地，遲疑了幾秒，他單腳跳到鞋子旁邊，快速穿上鞋，拉了拉襯衫領口，轉身對班導敬禮後，立刻衝回教室。

看著班導七竅生煙的模樣，我不禁微微扯動嘴角。

溫和有禮？乖巧無比？

現在的學生已經和以前不一樣了。

班導師踩著重重的腳步從前門進到教室，用力地將手上的本子往講桌上一放，下頭的學生倒是不驚不懼，彷彿已經習慣了她的作風。

我站在前門口，觀望眼前這一幕。

「孟尙閎！」班導的口氣不善。

坐在窗邊最後一排的男生誇張地身體一顫，全班發出竊笑聲，他旁邊的女生用手推了他一下。

「老師唷，怎麼了嗎？」他聳聳肩膀，裝得一臉無辜，他就是剛才把鞋子丟到走廊上的男孩。

「還敢說，你剛才……」

「冤枉啊，大人！」坐在那男孩前面的另一個男生開口，他的頭髮左右兩邊削薄，用髮蠟抓出造型，配上濃眉大眼，看起來像是韓國偶像團體的成員。

「沈品睿，你又有什麼問題？」班導瞇起眼睛。

「我們只是迫切地想知道轉學生是男是女，剛好尙閎又說他最近和姊姊們在學丟鞋子占卜，所以可以幫我們算一下。」他轉過頭，下巴朝孟尙閎一挑。

「嗯，就是這樣。」孟尙閎再次聳了聳肩，抬手摸了下自己那頭短短的黑髮，露出潔白的牙齒。

「老師妳看！還滿準的啊，剛才尙閎說是女生，也眞的是女生。」沈品睿朝我的方向指，全班順著他指尖同時看過來，「快點幫我們介紹新同學吧！掌聲鼓勵！」

班上同學大笑著跟隨沈品睿的節奏拍手起鬨，他轉過身與孟尙閎擊掌，班導無可奈何，只能被他們拉著走，對我揮了手，於是我徒步走上講台。

柴小熙

在黑板上寫下名字，簡單自我介紹了幾句，班導安排我坐在靠近走廊邊的位子。

「妳穿的是聖中的制服對吧？真的很漂亮呢。」坐在旁邊座位的是個留著妹妹頭的女生，她端詳我身上的粉紅色水手服，「我一直很喜歡聖中的制服，可惜沒考上。」

「如果妳不介意我穿過，這套制服可以給妳。」

她不敢置信地瞪大眼睛，「真的假的？」

「等我拿到這裡的制服之後。」

「那當然！天啊，太謝謝妳了，我好高興！」她輕輕拍著手，還歪了歪頭。看起來很可愛，十足的裝可愛。

「嗯。」所以我只是點點頭，從書包裡找出國文課本。

這堂是國文課，好在三淵用的教材和我之前就讀的那間高中一樣。

「有人說過妳長得很漂亮嗎？」她對我一笑，依然歪頭看著我。

我敷衍地勾勾唇，搖頭。

「比一般女生漂亮一些，但又不到特別漂亮，就是當路人很美，進演藝圈則太過平凡那種。」

聞言，我有些詫異地轉過頭看她。

「妳在講什麼？」

她依舊笑咪咪，「我是知道的唷，柴小熙，我有朋友在聖中。」

「所以？」我冷著聲音，前方座位的同學有些不安地回頭瞄向我們。

她將上半身傾向我，附在我耳邊輕聲細語，但每個字都說得清清楚楚：「人盡可夫的——公、車。」

我倏地站起來，當著全班面前，甩了她一巴掌。

那聲音清澈響亮，讓所有人都看了過來。

二年五班的轉學生在第一天就打了同班的吉祥物程子荻一巴掌，這個消息傳遍了整間三淵高中。

想當然耳，我被班導師張雲嬌訓個半死，她問我爲什麼要動手，我淡淡地回答：因爲不爽。

這可是實話，程子荻的確說了讓我不爽的話。

但那個吉祥物卻沒吐實，裝得可憐兮兮，眼眶含淚地說她也不明白我爲什麼會動手，可能是因爲她開口跟我索取了校服。

聽到這樣的說法，我翻了白眼，再次換來班導說我態度頑劣的斥責。

「妳這樣我要叫妳父母來學校一趟了。」班導下了最後通牒。

我冷笑，低低說了句：「他們不會來的。」

「什麼？」她沒聽清楚我含在口中的話。

「我說他們不會來，我爸工作很忙，而那女人不會爲了我的事情奔波。」

「妳……」

我的態度似乎讓她感到很不可思議，只見她氣得臉紅脖子粗，要是她再胖一點、再老一點，我甚至覺得她頸邊的血管會被我氣得爆開來。

班導拿我沒輒，事情只得暫且按下，她讓我回教室，不過需要繳交一千字的悔過書。

離開導師辦公室後，我緩緩走著，卻不想回教室，決定漫步三淵一圈，算是來場初來乍到的校園巡禮。

經過中庭，繞過花圃，再走過幾間專科教室，卻不期然嗅聞到了一股菸味。

我停下腳步，循著菸味走到專科教室後方的小走廊，一個男孩坐在那裡，嘴裡叼著一根菸。

當他斜眼瞥見我時，明顯嚇了一跳，嘴上一鬆，香菸落到褲管上，讓他哇了聲跳起來。

「抱歉。」見他一副吃痛的樣子，我也只能跟他道歉。

「妳不是我們學校的喔？」他問。

「轉學生。」

他上下打量我的制服，然後彎腰撿起掉在地上的香菸：「所以妳蹺課？」

「在校園四處走走而已。」我聳聳肩，打算轉身離開。

「喂，穿著一身小粉紅，是要走去哪兒？」

他從我身邊掠過，進到專科教室裡，拿起放在桌上的制服外套，朝站在教室後門的我擲來，我想也沒想便抬手接過。

「好歹先穿著那件。」他笑了笑。

我瞄了手中的制服外套一眼，是女生款的，我狐疑地看向他。

「外套的主人不會介意的。」他一派輕鬆地聳肩。

走廊上突然傳來一陣腳步聲。

「喂！原來你在這裡。」一個綁著馬尾的女生從窗戶探頭進來，朝那男孩嚷嚷，發現我站在一旁，她先是一愣，隨即會意過來，「轉學生？」

「很明顯。」男孩隨意拉了一把椅子坐下，身體往後一仰。

「康以玄，你又抽菸？」女孩嗅了嗅，露出嫌惡的神情。

男孩挑眉不答。

「算了。轉學生，妳蹺課？」女孩將視線轉回我身上。

「跟你們一樣。」

「才不一樣，我可是公假！」女孩走進教室，目光移向我手上的外套，「算了，暫時借妳，等妳回到教室以後，把外套還給妳班上的孟尙閎就行。」

我想起那個短髮的高大男孩，「爲什麼？」

「他會拿給我。」女孩擺擺手，「快點走了啦，要來不及了！」

名叫康以玄的男孩撓了撓後腦杓，拿起放在桌上的書包和外套，和女孩一起離開專科教室。

我拿著外套仔細檢視，上頭只繡了學號，沒有名字，原本想把外套留在這裡，但又覺得自己一身粉紅水手服，走在校園裡確實太過顯眼，索性穿上外套，繼續在學校裡四處亂逛。

我幾乎走遍了三淵每一個角落，三淵的校區比聖中大很多。

多虧這件外套，偶爾遇見幾個迎面而來的老師、學生都沒有特別留意我，沒人發現我身上穿著他校制服。

沿著樓梯拾級而上，最後來到校舍的樓頂，入口處的鐵門用鐵鍊鎖了起來，正打算放棄，但我隨手拉了兩下，發現鎖頭並沒有扣上。

三兩下扯掉鐵鍊之後，推門而出，刺目的陽光灑落我身上。

我朝樓頂四周的矮牆走近，隨意朝下一瞥，原來從這裡可以看見我的教室，坐在窗邊的孟尙閎把課本立在桌上，躲在後方趴著睡覺。

而坐在他前面的沈品睿則把手機放在大腿上，目光緊盯著手機螢幕，大概是在玩遊戲吧……

忽然間，他抬頭朝我看來，我反應不及，與他對上眼。

因爲逆光，他可能沒有看清楚我是誰，所以我立刻蹲下來，待在矮牆後方等待鐘響。

「妳可不可以不要給我添麻煩？」

我穿著三淵制服外套跟聖中制服這樣奇怪的搭配回到家，那女人坐在客廳的沙發上，一邊計算著帳單費用一邊說。

我停在門邊看著她。據我所知，班導並沒有通知家長，那她是在講什麼？

「妳在前一間學校做了什麼好事我不管，但不要牽連到我和妳爸好嗎？」她斜眼瞄向放在一旁地上的紙袋，裡頭裝的是我之前放在聖中教室抽屜的東西。

「那些都是我不要的。」我淡淡地說。

「妳不要爲什麼不拿去丟掉？老師還打電話請我去拿，妳知道我有多丟臉？」她猛力敲著計算機。

「那就算我的錯，好嗎？」

我撿起紙袋，直接往垃圾桶丟去，在那女人開罵以前，搶先回到房間關上門，戴起耳罩式耳機，將音樂聲量調到最大。

我坐進椅子深處，閉起眼睛，指尖隨著旋律打節拍，意識逐漸模糊。

我沒有睡著，只是讓意識飄浮在虛無地帶，彷彿身處於另一個空間。

男人與女人在爭吵，女人哭泣，場面混亂，傷心、痛恨、絕望的情緒充斥在整個空間裡，我像是旁觀者一樣冷眼看著這一切。

女人猛力搖晃我的肩膀，對我高聲嘶吼著，男人推開女人，伸手擁抱我。

我張開眼睛，眼前依然是我的房間，窗戶緊閉，被子未摺，書本和文具用品隨意散落在地板上，室內一片昏暗。

音樂依舊震耳欲聾，我取下耳機，輕輕按壓發疼的耳朵，扶著牆站起來，摁下電源開關，房內瞬間轉為明亮，我眨了眨略感刺痛的眼睛，習慣燈光後才開始更衣。

爸爸似乎已經回來了，隱約可以聽見他在客廳和那個女人聊天的聲音。

我滑開手機，看著一乾二淨的LINE畫面，沒有任何朋友、沒有任何留言，一切就像回到最初。

我想起那個叫程子荻的妹妹頭女生，一面在人前裝得可憐害怕，一面又用嘲笑似的眼神望著我。

「人盡可夫的——公、車。」

看樣子，我轉學到三淵的事情，一定很快就會傳到聖中那群人的耳中。

清閒的日子，不久矣。

隔天，我換上三淵的制服，端詳鏡中的自己，身上那件嶄新的白襯衫潔白無垢，看起來真不像我。

步出房間，那女人正在洗衣間裡將待洗衣物分類，見我經過，她語調冷淡地說：「這件制服可以丟了吧，還要浪費水洗？」

說完，她拎起那件粉紅色的水手服在空中晃了晃。

「我還要。」我丟下話便往玄關走去，沒來得及聽見她又碎念了什麼。

「小熙，不吃早餐嗎？」爸爸一臉幸福地吃著那女人每天早上準備好的豐盛餐點。

我的目光快速掃過餐桌，邊緣煎得金黃的荷包蛋、酥脆噴香的培根，剛烤好的吐司麵包旁擺放著三種果醬，玻璃杯裡分別盛著柳橙汁和牛奶，水果跟沙拉則裝在一個木製小缽裡。

不得不說，那女人的烹飪手藝很出色，也非常注重飲食的均衡，家裡更是打理得一塵不染。

但她對我來說，依舊只是「那女人」。

「不吃了。」我扔下一句，扭頭走出家裡。

出了公寓以後，我朝轉角的早餐店走去，店裡的阿姨見我身穿不一樣的制服愣了一會兒。

「小熙，我還以為認錯了，你們學校換制服了嗎？」

「沒有，我轉學了。」

「什麼？轉學？你們要搬家了？」阿姨誇張地喊，邊不忘一手交錢一手交貨地把早餐遞給其他客人。

「沒有，一樣住在那邊，只是我轉學而已。阿姨，我要花生厚片吐司。」說完後，我迅速掏出手機，用行動表示談話結束。

幾個客人陸續點餐、結帳，阿姨也沒時間多加追問，況且我猜她也不是眞的想知道，這些閒談都只是所謂的「敦親睦鄰」罷了。

等待餐點的時候，我瞥見對面騎樓走過幾個穿粉紅色水手服的女學生，趕緊挪動腳步躲到早餐店裡頭。

雖然我不認為自己有名到整個聖中的人都認識，但我肯定聖中起碼有超過三分之二的學生都知道我。

我可不想在轉學之後還被說三道四，等到那群學生的背影再也看不見之後，我連忙拿了早餐快步往捷運站走去。

謹愼地四處張望，確認捷運上沒有其他聖中的學生，才微微鬆了口氣，挑了空位坐下，卻在車廂門關上，列車即將駛離的瞬間，與站在月台上的男孩猛地對上眼。

男孩穿著淺藍色的上衣，是聖中的制服，鏡框後面的眼睛瞪得老大。

「柴小熙！」他高喊。

飛快行駛的捷運列車迅速把他的聲音拋在遠處。

我嘆了口氣，早知道就戴口罩了。

希望他沒看清楚我身上穿的是三淵高中的制服。

三淵的校門口固定有糾察隊負責檢查服儀，這點和聖中不一樣。聖中並沒有老師或糾察隊在上學時分站崗，所以不少學生會隨意穿搭，像是在制服上衣外面套上一件自己的毛衣，或是腳上穿著五顏六色的襪子。三淵的學生打扮一致多了，清一色全是黑裙黑褲與白上衣。

進到教室，同學們見到我先是一愣，有的回過頭繼續談天，有的則把目光停在我身上。

我無視四周的目光，默默走到自己的座位，旁邊程子荻的位子還空著。

「喂，柴小熙，妳為什麼要打程子荻呀？」長相帥氣的男孩沈品睿一邊喝著紅茶，一邊站在我的桌邊問。

我瞥了一眼窗邊，孟尚閎正趴在桌上睡覺，我轉過頭看著他：「你們不是都聽過程子荻的說法了嗎？」

「是沒錯，但雙方的說法都有必要聽一聽，才能維持公平正義呀。」沈品睿一口氣吸光紅茶，把空塑膠杯朝教室後方的垃圾桶一扔，卻準頭不佳，空杯在地上滾了幾圈，他嘖了一聲，沒打算去撿。

「有人在意嗎？」

他聳聳肩，「誰知道？」

「所以我沒必要說吧。」

「妳好怪，爲什麼不解釋？」沈品睿笑了。

「因爲那對她有害無利。」程子荻忽然從後門出現，帶著笑容拉開她的椅子，「沈先生，去把你掉在垃圾桶外面的飲料空杯撿起來吧。」

「是的，衛生股長。」沈品睿做了一個敬禮的姿勢，卻直接朝窗邊自己的座位走去。

「沈品睿！」程子荻大喊。

沈品睿摀住雙耳，假裝沒有聽見，然後用力搖晃孟尚閎把他叫醒。

程子荻碎碎念了幾句，站起來走到教室後方，撿起地上的飲料杯，不忘把上頭的塑膠包裝撕掉，連同吸管丟到一般垃圾桶內，再把杯子丟入資源回收桶。

我挑了挑眉，彎身從書包取出看到一半的小說。

「柴小熙，妳的打掃工作就是整理垃圾。」程子荻走回座位後，從書包拿出課本，看也不看我一眼便說。

「整理垃圾？」我轉頭看她。

「嗯，第七節下課把垃圾拿去垃圾場，平常下課也要注意同學有沒有亂丟垃圾。像剛才沈品睿做出那種行為，妳就必須阻止，不阻止也沒關係，反正他不做就是妳做，最後辛苦的是妳。」說完她還笑了聲。

「以前沒有負責整理垃圾的人嗎？」聽到這裡，我整個人側身面對她。

「當然有，以前人手不足，所以是値日生負責，現在多了轉學生了，處理垃圾這份工作理所當然交給新來的同學，也就是妳。」她也側過身面對我，下巴高高抬起。

「妳爲什麼總是針對我？」

「哈！叫妳清個垃圾就叫針對？那我不是針對過整個班級的人了？」她提高音調，讓其他人注意到我們「又」在吵架了。

「妳哪裡有問題？」

「妳才哪裡有問題呢！」她用嘴型無聲說了「公車」二字。

我瞇起眼睛，突然想到一種可能性。

於是我愉悅地勾起嘴角，對程子荻說：「怎樣？我曾經跟妳喜歡的哪個人交往過嗎？」

她整張臉猛地漲紅，結結巴巴說不出話來，看樣子賓果了。

「所以呢？是誰？別跟我說名字，我大概不記得他的名字，長相或是嘴唇的柔軟度我可能才會有印象，不過妳說得出他嘴唇的柔軟度嗎？」我雙手環胸，語帶挑釁。

程子荻沒料到我講得如此直白，甚至沒有壓低音量，她一時慌了手腳。

「妳……」

班上同學的注意力全落到我們身上，大家漸漸安靜下來，豎起耳朵傾聽我和程子荻針鋒相對的對話。

沈品睿投向我的目光帶著玩味，而孟尙閎雖然也看著我，但他一臉睡眼惺忪，手還撐在下巴底下。

「順便和大家說一下，我轉學的原因是因爲交友關係複雜，但我並不打算改變。除此之外，我和你們沒什麼不同。」說完，我刻意露出一個優雅的微笑，轉正身體。

「哇，那是什麼意思？」沈品睿吹了一記口哨，朝我大喊。

「意思就是，我和誰都能交往。」不論我喜不喜歡。

「那我也能和妳交往嘍？」沈品睿問。

班上女生發出一連串的尖叫聲，喊著「討厭」、「不要啦」之類的話。

沈品睿雖然看起來是個痞子，不過就長相而言，還算是個帥哥，有不少女生很吃帥氣壞男孩這套，看樣子沈品睿頗吃得開。

「如果你求我的話。」我說。

班上男生開始起鬨，女生則繼續哀求沈品睿千萬別這麼做。

程子荻瞪著我，眼睛裡盈滿一層薄薄的水氣。

我有些狐疑，她是有多喜歡那個男生？竟然喜歡到我才轉學過來第一天，她就能爲了他和我大吵，屢次對我冷嘲熱諷，那男生可能完全不知道她這麼喜歡他。

「無聊。」我輕聲地說，對於「喜歡」這種感情感到愚蠢。

這齣鬧劇在老師進到教室開始上課後才告一段落，只是沈品睿那句只是隨便說說的玩笑話，似乎被班上女生當眞，紛紛對我投來憤恨的目光。

喂喂，妳們該氣的應該是那個輕浮的男生，而不是氣我吧！

眼角餘光瞥見程子荻迅速抹掉終於奪眶而出的淚滴，我假裝沒注意到。

「孟尙閎，把這段中文翻譯成英文。」

老師忽然喊了孟尙閎的名字，他看起來仍舊睡意濃厚，卻毫不遲疑地用流利的英文回答。

我略略瞪大眼睛，孟尙閎的英文發音非常漂亮，而班上其他人皆是一副習以爲常的樣子，完全沒有人感到意外。

難道孟尙閎是歸國子女？

這時，我突然想起要把外套還給他。

下課後，我朝孟尙閎的座位走去，卻被程子荻叫住，她抓著我的手腕用力一扯。

「妳要幹麼？不會眞的要和沈品睿交往吧？妳有這麼賤？」

「沒妳嘴巴賤。」我甩開她的手。

「柴小熙！」程子荻氣得尖叫。

我只是淡漠地睨她一眼，一句話也不說。

沈品睿挑挑眉，我朝他敷衍地笑了笑，腳步停在孟尙閎面前。

「這給你。」

「那是什麼東西?」他一臉困惑。

「你看了就知道。」我將紙袋放在他桌上。

孟尚閎取出紙袋的外套以後，露出恍然大悟的表情。

「啥?」沈品睿問。

「之杏的外套，她昨天有跟我說，我差點忘了。」孟尚閎淺笑。

原來那個女的叫之杏，看樣子孟尚閎和她的關係並不單純吧，我猜。

「幫我跟她說謝謝。」不知怎麼地，我忽然想使個壞，又說：「還有當時和她一起蹺課的那個男生。」

「哇，之杏會蹺課?跟誰?」沈品睿立刻八卦起來。

「我猜是康以玄吧，老是纏著她。」孟尚閎眉頭緊蹙，將外套放回紙袋裡，抬頭對我說：「謝了，柴小熙。」

「不會。」說完，我轉身走出教室。

要去哪裡我也不知道，就一個人四處走走吧，反正從出生到死亡，本來就都會是自己一個人。

第二章

粉紅色的水手服吊掛在曬衣架上，在陽光下隨風擺盪，那女人叨念歸叨念，還是幫我洗了聖中的制服。

我將水手服從衣架上取下，走進臥房準備熨燙，卻被正在煮飯的她叫住。

「要收衣服不會全部收一收？只收妳自己的多自私？」

於是我轉身把曬衣架上所有的衣服一一取下，抱在手上，正要帶回房間去摺，她又叫住了我。

「把那些全丟在我們床上就好，我等等再整理。」

「我制服要燙。」

「妳不要亂動熨斗，衣服全部丟我們房間。」

又來了，又是這樣。

她總是像要把我從這個家隔開一樣，什麼事情都不讓我做，這明明是我的家！

我把衣服全部往她和爸的床上一扔，覺得待在這裡令我噁心想吐。

我快步走回房內再次拿起耳機戴上，沒開音樂，只是覺得這樣好像可以把自己隔離在這個世界之外。

爸爸快點回來吧，只有我和那個女人待著的家並不是家，單獨和她待在屋子裡令我難以呼吸，快要窒息。

我打開抽屜，找出一張媽媽的照片，雖說是媽媽，但她的臉比外面那個女人更令我感到陌生。

被她抱在懷中的我約莫是三歲左右，理應有點記憶，但我卻對她一點印象也沒有，甚至連相處時的一點一滴都想不起，我對「媽媽」的印象，如同一張空白的紙。

「柴小熙，吃不吃飯啊!?」那女人用力敲門。

嚇得我立刻將照片扔回抽屜，想也沒想便大聲地回了聲：「吃。」

「這麼有精神?還眞難得。」她碎念了一句，穿著拖鞋的腳步聲緩緩遠去。

我幽幽呼出一口氣，推門走到客廳，一碗魚湯麵放在桌上，就一碗。

而她人在房間裡，房門半掩，隱約可以瞧見她手持熨斗正在燙衣服，房裡傳來電視聲。

我定定地看著冒著蒸汽的魚湯麵好一會兒，打開電視，一個人坐在沙發上吃完午餐。

等我將碗筷洗好，回到房間之後，她才又走進廚房。

瓦斯再次開火，傳來一陣魚湯的香味。

爲什麼剛才只先煮我一個人的份?爲什麼不一起吃?

雖然我也樂得一個人吃，但被人拒絕的感覺還是很難受，既然如此勉強，爲何還要在同個屋簷下一起生活?

她是從什麼時候出現在這個家裡的？

爲什麼從我有記憶以來，她就已經和我、爸爸三個人一起生活，可是我和她一點都不親？

朝夕相處了十多年，我與她卻像陌生人，這是爲什麼？

我不知道，也不願再多想，將耳罩式耳機和小說放入背包，隨便拿件外套便跟她說我要出門。

我不知道在抽油煙機巨大的聲響之下，她有沒有聽見我的話，我沒有等到她的回應，也懶得再說一次，逕自穿上鞋子，離開那個讓我無法呼吸的地方。

原本打算去附近那間圖書館，但想起假日會有許多聖中的學生在圖書館念書，而我不想再和聖中的學生有任何牽扯。

該改去哪裡好呢？我驀地想起後山山腳下有間剛開幕不久的咖啡廳。

有個男生曾經跟我說起那間咖啡廳。

是誰來著？

我只記得當時放學，那男生牽著我的手，和我描述那間咖啡廳的美麗，透過他的敘述，我想像著一望無盡的山腳平原，一間木造咖啡廳佇立中央，一推門就是濃郁的咖啡香撲鼻而來。

我沉浸在想像裡，即便那男生吻了我，也一點感覺都沒有。

甚至，我現在連他是誰也記不得。

我甩了甩頭，把這樁不重要的往事拋在腦後，走到捷運站附近租借了一輛腳踏車，決定前去造訪那間咖啡廳。

後山距離我家不遠，腳踏車沿著一條筆直的大路往前駛去，兩旁是平坦的稻田，而那間咖啡廳就佇立在田邊，幾乎與我想像中的一模一樣。

最讓人欣喜的是，咖啡廳裡的客人並不多，這和市區那些動不動就人滿爲患的咖啡廳比起來好太多了。

「歡迎光臨，隨便哪個位子都可以坐喔。」

推門走進咖啡廳，一對站在櫃臺裡的年輕男女朝我看了過來，臉上不約而同堆起親切的微笑，兩人似乎極有默契，不知道是不是情侶或夫妻。

我輕輕朝兩人點頭示意後，便轉頭打量起周遭環境。

店內多爲兩人的桌型，窗邊則設有一排單人座位，空間並不算大，但座位的設置卻不顯擁擠，爲每位客人保留舒適的個人空間。

而牆邊的小櫃子上陳列了許多手工藝品，旁邊掛著一塊小牌子，寫著「價格隨意」四個字。

抬頭望，白牆上有著看起來是人工手繪的圖畫，雖然我看不太出來是在畫什麼，但以藍色爲主要基調的色彩十分柔和，中央則是一塊圓形的咖啡色，上頭還有類似人影的圖案。

看不出所以然，我選定最裡面的一張木頭圓桌坐下。

「這是菜單，要麻煩到櫃臺點餐喔。」年輕女人帶著笑容走過來，將一本手繪的簡易菜單交給我後，便回到櫃臺。

她走進櫃臺時，年輕男人伸掌輕拍了她的屁股一記，她低低笑嗔了幾句，兩個人相視一笑，然後各自做各自的事情。

我對情侶放閃調情的畫面過敏，每次看見都會令我渾身不舒服。

不知怎麼地，雖然這對年輕男女互動親密，但他們總讓我有某種奇怪的不協調感，兩人應該是感情很好的伴侶，但似乎又有些隔閡。

是不是因爲我從來不相信世界上有所謂的眞愛？就算兩人相愛再深，濃情蜜意又能維持多久？

沒有什麼感情是能維持一輩子不變的吧？

就算兩人結婚生了孩子，還是可以轉身愛上另一個人。

我在咖啡廳消磨了一整個下午，直到傳給爸爸的LINE有了回應，爸爸說他快回到家了，我才闔上小說，準備回家。

「歡迎下次再來。」離去前，那個年輕女人對我微笑，她臉上柔和的神情，宛如牆上壁畫那抹大海般的藍。

「嗯。」我難得地回了她一個微笑。

夕陽西下，將我的影子拉得老長，晚風吹過我的長髮，忽然間我好想哭。

莫名地、沒有原因地。

想起那面牆上的藍如此孤寂，眼淚就掉了下來。

「唷，妳是上次那個女的。」下課的時候，我座位窗邊的走廊上忽然站了一個女生。

我看了她一眼，認出是借我外套的那個女孩——之杏，於是我向她點頭作爲招呼，繼續把注意力回到手上的小說上。

「那本我也有看過，後面的發展很意想不到喔。」她插話。

「我不想知道結局。」

「我沒有要告訴妳結局呀。對了，幫我叫一下尙閎。」她邊說邊往孟尙閎的座位看去，我還沒來得及拒絕，她便扯開嗓門大喊：「孟尙閎！」

能自己叫得這麼大聲，何必還要我幫忙？

「之杏，妳能不能別這樣喊我？」孟尙閎露出無奈的表情。

「快點，今天放學不要拖拖拉拉的，我們要快點走，知道嗎？」

她就在我耳朵旁喊，我忍不住抬手摀住右耳。

「知道了，妳小聲一點，柴小熙都要聾了。」孟尙閎笑了笑。

「妳叫柴小熙呀，叫我之杏就好了。」她對我眨眼，然後又對孟尙閎交代了幾句，旋即轉身踩著輕快的腳步離去。

正巧從外頭走進教室的沈品睿，目送之杏離開的身影說：「她還是來去一陣風啊？」

「改不掉。」孟尙閎聳聳肩。

沈品睿一邊笑一邊朝孟尙閎走去，經過我身邊時卻停下腳步，瞥了我一眼，「唷，柴小熙，要不要跟我交往啊？」

「我雖然來者不拒，但輕浮的態度我可不接受。」我翻了頁小說。

「還挺有原則的呀！前一陣子不是說只要我開口求妳交往就好？」沈品睿朗聲大笑，走到孟尙閎旁邊，低頭看向他手上的運動雜誌。

「那也要你求我。」我略微提高音量說，引來班上其他人注意。

「我不求人的。」沈品睿抬頭微笑。

我的桌面突然被人用力拍了兩下，程子荻氣沖沖地看著我，比了後面的垃圾。

「垃圾都滿了！妳要負責把滿出來的垃圾往下踩扁。」

我回頭一看，垃圾還眞的快要從垃圾桶裡滿出來了，但那干我什麼事？

搖了搖頭，我淡淡地說：「其他人只需要在打掃時間打掃，爲什麼我就必須隨時待命？」

「因爲那是妳的工作！」

「那我合理懷疑妳是在找我碴。」

「妳！」她氣得整張臉漲得通紅。

一個長髮的高個子女生站在講臺上拍了兩下手，打斷我和程子荻的對話。

「妳們兩個都安靜，老是這樣吵個不停，不如我請老師幫妳們換位子，怎麼樣？」那女生有著單鳳眼，整張臉素素淨淨的，帶著一股靈氣，是個古典美人。

「戴昀茜，是柴小熙這個人……」程子荻還想惡人先告狀。

「子荻，妳的脾氣和可愛的外表不相稱我們都明白，妳老是找她麻煩的原因我沒興趣，但請維持班級和平好嗎？」戴昀茜高傲地抬起下巴，「我會跟老師說妳們需要換位子。」

「誰要換啊，我很滿意現在的座位。」我冷冷地插話。

「是呀，被抽到要跟我們換位子的人不就很衰。」程子荻難得跟我有共識。

班上同學也跟著出聲附議，抱怨爲什麼要因爲程子荻和我不合，就得讓其他人配合換位子。

戴昀茜又用力拍了兩下手，待大家安靜下來，她說：「我跟柴小熙換位子，這樣可以嗎？」

「不用吧，妳已經爲班上做很多事情了，不用連這種小事情也要妳出馬。」孟尚閎舉起手，「我跟柴小熙換不就好了。」

「你確定嗎？你這個位子可是超級海景套房欸！」沈品睿誇張地喊。

「給你一點機會，行嗎？」孟尚閎笑。

「哇！眞不愧是知己。」沈品睿的話根本聽不出是玩笑或是眞心。

「我不打算換位子，怎樣？沒人聽到我的意願嗎？」我出聲，「再說找碴的可不是我，要換也是這女人換吧。」

「居然叫我這女人！妳什麼東西！」

結果程子荻像是忽然發狂一樣衝過來抓住我，我們兩個免不了又展開一陣扭打。

我不想用「打架」二字形容我和她，因爲我們兩個的舉動實在可笑至極，像是瘋婆子互相拉扯頭髮、用指甲抓破對方的臉、把四周的桌椅撞得亂七八糟。

見狀，有些同學笑了出來，甚至掏出手機錄影；有些同學想要上前阻止，卻一臉爲難，不知如何介入。

「妳這個壞女人！害他那麼傷心！害得他……害得他……」程子荻揪住我一綹頭髮，聲音竟流露一絲哽咽。

最後是高頭大馬的孟尙閎分別抓住我和程子荻的手，硬將我們兩個拉開。

「女生打成這個樣子難看死了，品睿，你送她們去保健室！」他板著一張臉。

原本正拿著手機錄影的沈品睿這才笑著把手機收起來：「走吧，兩位鬧事公主。先說了，路上別又打起來，丟臉丟到別班去可是很蠢的。」

「只要這白痴別動手就好！」我瞪了程子荻一眼。

「妳說什麼！」

「欸欸欸，」沈品睿的身材和孟尙閎差不多，只需要兩手一張，分別抵住我和程子荻，就能輕易把我們兩個隔開，「我想，小熙妳也閉上嘴巴比較好。」

我的頭髮被程子荻弄得一團亂，但她的狀況也沒好到哪裡去，頰邊甚至還有我的指甲抓痕，忽然覺得弄傷她臉的自己好像有點太狠。

前往保健室的路上，我和她一前一後地跟在沈品睿身後，他不時回頭探看我們有沒有安分跟著。

到了保健室，阿姨一見到我們就嘆了口大氣：「怎麼又是妳們兩個？而且下手還真不留情，把對方的臉都抓花了。」

「女人打架總是不留情啊，阿姨。」說完，沈品睿居然還有興致掏出手機對著我和程子荻的大花臉按下快門。

程子荻氣得去搶他的手機，無奈她和沈品睿的身高有一段差距，沈品睿只要舉高了手，她就拿他一點辦法也沒有。

「女人心海底針，誰知道妳們現在打成這樣，會不會哪天突然變成好朋友，我可是在幫妳們留下珍貴的記錄啊。」

「誰會跟她當好朋友！」我和程子荻異口同聲地說。

「現在就很有默契了呀！」沈品睿吹了聲口哨。

後來我並沒問程子荻，她在爭執時提起的那個被我傷了心的「他」究竟是誰，我一點也不在意。

不過托這場架的福，一整天程子荻都沒找過我麻煩，基本上她連看也不看我，對我來說反而樂得輕鬆。

打掃時間，我仔細端詳垃圾桶裡堆積如山的垃圾，很多人飲料和早餐沒吃完就直接丟進垃圾桶中，也不將廚餘另外分類處理，幸好現在天氣還不算炎熱，若是時逢盛夏，還不養出一堆果蠅。

我去打掃工具箱裡找出一雙手套，戴上手套將所有垃圾、廚餘一一分類，並把油膩的餐盒拿到外頭的洗手台沖洗，終於處理完畢，想要把垃圾拎去垃圾車時，打掃時間已經結束。

三大包結結實實的垃圾躺在地上，我評估自己一個人實在拿不動，算了，就先拎兩包去丟，另一包明天再丟。

於是我拖著兩包大垃圾走出教室，卻迎面撞上剛從外掃區回來的沈品睿。

他手中掃把的長柄打中了我的臉頰，力道雖不大，卻也痛得我齜牙咧嘴，忍不住鬆開手上那兩包垃圾，捂住自己的臉。

「欸，妳沒事吧？」沈品睿被嚇得連忙想查看我的臉。

「沒事，走開。」我的手緊捂著臉頰不放。

和沈品睿一同從外掃區返回教室的孟尚閎卻強硬地拉開我的手。

「有些紅腫，應該會瘀青，品睿，不是跟你說不要邊跑邊亂揮掃把了嗎？你看！撞到人了吧。」

「好啦，你是我老媽喔，老是碎碎念欸。小熙，妳會不會痛啊？」

是問廢話嗎？能不痛？

但我只是彎腰撿起那兩包垃圾，繼續往前拖行，「走開。」

「品睿，你帶她去保健室，我幫妳去丟垃圾。」孟尚閎說完便搶過我手上的垃圾，朝教室裡看了一眼，隨即大喊：「程子荻，妳拿地上那一包。」

「為什麼是我!?」程子荻瞪大了眼。

「因為妳是衛生股長，而且以前雖然是由值日生負責處理垃圾，可是每天都有兩個值日生，現在卻都讓柴小熙一個人做，我們班可沒有欺負人這種事情。」孟尚閎講得振振有詞，語氣卻還是平和有禮。

「哼，每個人都幫她說話！」程子荻故意用鼻子大聲哼氣，猛地從座位上站起來，不情不願地抓起那包垃圾。

「走吧，我帶妳去保健室，還是要我背妳？如果妳臉上留下傷痕就完蛋了。」沈品睿伸手勾住我的手臂，彷彿這個舉動再自然不過。

我盯著他搭在我手臂上的手，不發一語。

「怎麼了？這樣妳不習慣？」他皺眉。

「不是不習慣。」我聳聳肩，在他的攙扶下往保健室去。

一天之內到保健室報到兩次，阿姨要不記住我也難，她一看見我臉上的腫包，詫異地瞠目，二話不說，立刻伸手重重打上沈品睿的肩膀。

「哇！阿姨，幹什麼啦！」

「這是你幹的好事嗎？」阿姨氣急敗壞。

「不能因爲是我送她來的，就說是我幹的呀！」

「那你說說看是誰做的？」

沈品睿頓時安靜了下來，支支吾吾地說：「我……」

阿姨再次一巴掌落在他的肩上。

「這個冰袋拿去冰敷，但是別敷太久，以免凍傷，五分鐘就要拿起來一下。」阿姨心疼地看著我的臉頰，「女孩子家臉上可不能有疤啊。」

「阿姨，這會不會瘀青啊？」沈品睿似乎很擔心。

「一定會。」

「唉唷，這怎麼辦，小熙，妳爸媽會不會找我算帳啊？」看來沈品睿擔心的只是會不會因此被家長責罵。

我冷笑一下：「放心，不會有事的。」

對於我的反應，沈品睿似乎有些訝異，「爲什麼，妳爸媽不會擔心嗎？」

「這樣你也比較沒有壓力，不是嗎？」

「好了，別打聽人家家裡的事情。」阿姨打斷沈品睿的追問。

等到我和沈品睿回教室之後，垃圾桶已經被清潔得乾乾淨淨，還裝上了新的垃圾袋，程子荻百般不情願地對我小聲說，她以後不會再幫我處理垃圾，我沒理她，爲此她又氣得要死。

放學的時候，沈品睿再次走近我的座位，低頭盯著我的臉看。

「做什麼？」

「眞的有點瘀青了，怎麼辦？」他終於露出有些愧疚的表情。

「電視劇上有演，可以用水煮雞蛋敷瘀青。」背著書包的孟尙閎站在後門。

「什麼雞蛋？」之杏恰巧出現在門邊，她拉起他的手，「不是跟你說過不要拖拖拉拉的？快點走了，不然來不及。」

「明天見了。」孟尙閎朝我和沈品睿揮了揮手，隨即被之杏拉走。

「拜啦。」沈品睿對著他們兩人的背影高喊，又看向我，「妳回家也要記得冰敷，我已經準備好了，必要時我會去妳家道歉。」

我大翻白眼，「完全不用。」

說完我就背著書包離開教室，沈品睿從後頭追上。

「我講眞的啊，那塊瘀青只怕會變得更明顯，男子漢大丈夫，總不能不負責任裝沒事吧？」

稍早之前，我看你挺像打定主意想裝沒事的。

「沈品睿，眞的不需要，一點小傷而已。」我停下腳步，朝他一笑，「我和那種被撞一下就哭哭啼啼的女生不一樣。」

他一愣，「好吧，妳說了算。」

於是我再次邁開腳步，往捷運站的方向走去。

當捷運列車在我家這站停下時，候車月台上有許多聖中的學生，我趕緊從書包拿出口罩戴上，並特意把頭髮披散下來，低著頭快速走過。

通過票匣口後，我往出口的方向走，卻見兩、三個穿著聖中制服的男生聚集在手扶梯處，此刻若停下腳步太不自然，於是我只好硬著頭皮走過。

「眞的假的，你確定看見柴小熙？」

他們的話語飄進我耳中，我渾身一震，強忍住回頭的衝動，繼續往前走。

「眞的，我確定，她穿著別校的制服在捷運上！」一個熟悉的聲音說。

「白痴喔，你不知道是哪間學校的制服嗎？」

「我也只是瞬間一瞥而已，無意中看到她就已經夠震驚了，根本沒有心思注意她穿哪間學校的制服。」

「總有個大概印象吧？」

「遺憾的就是我眞的不記得，腦中都是她驚訝的臉。」那個熟悉的聲音說。

「幹，你痴情個屁，她就是人人都可以上的公車。」

我冷笑，這麼難聽的話他們還眞是輕易就能說出口。

「你再講一次這個詞試試看！」

那個熟悉的聲音話裡帶著憤怒，讓我不由自主停下腳步。

「我有說錯嗎？當初就叫你不要去跟她告白，結果呢？她在跟你交往的同時，還有其他男朋友！」

「我心甘情願！」那男生吼著。

我站在手扶梯上，悄悄地回過頭。

「你眞的是白痴！」

幫我說話的男生，和那天我在捷運上遇到的是同一個人，也是告訴我那間咖啡廳的人。

那些來跟我告白，並要求交往的男生，也許有些是眞的喜歡我，但大都只是想找機會碰觸女生的身體。

我很好奇，他們口口聲聲宣稱自己喜歡我，所謂「喜歡」，到底是喜歡我哪裡啊？是我的外表嗎？

答案確實很膚淺，就是我這副皮囊惹人喜愛。

我的確和那個男生交往過一段很長的時間，他是少數能忍受我同時擁有多個男友，又不曾嫌棄我的男生。

可悲的是，我連他的名字都想不起來。

於是我轉過身，不再回頭。

回到家後，那女人正在廚房煮飯，我沒和她打招呼，逕自走進房間，換掉身上的制服，走去浴室洗澡。

對著鏡子，我看見自己紅腫的右臉泛起了青色，看樣子洗完澡要用遮瑕膏遮掩一下，以免被問東問西，多生麻煩。

遮瑕膏起了效果，晚餐時間順利度過，那女人平常就不太看我，所以沒發現我臉上有什麼不對勁也很正常，而爸爸今天看起來格外疲累，我甚至覺得他吃著吃著就快要睡著了。

吃完飯後，我回到房間，注意到聖中那件粉紅色的水手服被整齊地放在床上。細看一下，那女人不只把制服熨燙得平整，還隱隱散發好聞的味道。

我找出一個紙袋將水手服放進去，雖然程子荻是個小賤人，但我畢竟答應過要把制服給她。

晚上睡覺的時候，我老是覺得自己左邊的臉頰隱隱作痛，明明被沈品睿打傷的是右臉，但左臉卻很痛。

「妳說啊！妳要選誰啊！妳說啊！」

不知道是誰劇烈地搖晃我的肩膀，我的眼淚不斷落下，左邊的臉頰疼痛不已。

「快說啊，小熙，說妳會選擇我啊！」

即便沒有張開眼睛，都能感受到窗外的陽光有多麼明亮刺眼，猛然睜眼才發現，昨晚睡前沒有拉上窗簾。

我在床上翻了個身，想著那個惡夢。

是誰？要我做出選擇的那個人是誰？

那人是男是女我都不知道，那場夢境彷彿是眞實發生過的事，卻又像虛幻的。

「眞眞假假，也許才是這個世界眞實的面貌。」

這句話就這樣忽然衝進我的腦中。

我從床上坐起，咬著下唇思索一陣，下床來到書桌前，拉開抽屜找出所有在聖中曾使用過的筆記本，一本一本翻開，終於在其中一本找到一張紙條。

柴小熙，我很喜歡妳，我想這句話妳已經聽很多人說過了，但我還是想請妳讓我當妳的男朋友。

程子又

他的名字，叫作程子又。

我可不是白痴，雖然不相信世界很小，但這種巧合不會隨便發生。

程子荻、程子又，印象中程子又大我一歲，所以他們最有可能的關係就是兄妹。

這就難怪程子荻會這麼討厭我了。

對著鏡子查看臉頰，過了一晚，瘀青變得更明顯了，我用了比昨天還多上一倍的遮瑕膏，仔細塗抹在瘀青上，輕拍肌膚的時候感受到微微刺痛，我把頭髮放下來，遮住右邊的臉頰。

吃早餐時，我一如往常沒有多說話，而那女人和爸爸也難得沒有交談，我疑惑地斜瞥了他們一眼。

難道吵架了？

一直以來，他們兩人的感情一向不錯，很少吵架。

「我要出門了。」我背起書包，提著紙袋就要往門口走。

「等一下，小熙，我送妳去學校。」爸爸站起來。

「三淵和你公司不順路耶……」

「我送妳，時間還很充裕。」

我看見爸爸和那女人交換了眼神，看樣子應該是爸爸有什麼話要跟我說。

「不用了，爸。」我可不想聽，所以再次婉拒。

「我送妳。」他也很堅持。

我考量程子又也許會在捷運站等我，坐爸爸的車去上學應該比較保險，所以我點了點頭。

大概是因爲很少和爸爸在早上同時出門，所以那女人忽然不知道要用什麼態度送我們出去，她在爸爸的臉上落下一吻後，瞥了我一眼，才說：「路上小心。」

「嗯。」我回了聲，開門往外走。

我和爸爸來到地下停車場，坐上銀色休旅車，兩人卻一路無語。

面對這樣的沉默，爸爸好像覺得有些尷尬，把車內廣播的音量稍微調大。

我從來就不是個會撒嬌的女兒，和爸爸的感情不好也不壞，也許他想要拉近父女之間的關係，但我覺得沒有這個必要，不論好壞，他是我的爸爸這一點不會改變。

「那個……小熙。」爸爸終於打算開口，又伸手將廣播的音量調小。

「嗯？」

「妳最近在學校過得還好嗎？」

「很好。」

「那妳轉學的原因到底是什麼？」

「人際關係。」

當初是我要求轉學的，但我不可能跟爸爸坦白原因，因爲我交往過的男朋友太多，造成很多不必要的麻煩，爭風吃醋、難聽傳言、冷凍排擠等，於是我索性決定轉學，這是最好的辦法，一了百了，乾淨俐落。

我用一種委婉的說法，告訴爸爸和那女人，人際關係是我轉學的主因，至於細節我不想多提。

爸爸似乎把我的話想成另一種可能，猜測我可能是被欺負或被排擠。

然而那女人卻說：「你看柴小熙那副模樣，她會被霸凌嗎？」

不知道她那句話究竟是褒是貶。

「妳的臉上……」爸爸把我從回想中拉了回來，他用食指比向他的右臉。

我一愣，沒想到他會注意到。

「妳……阿姨，提到妳臉上有瘀青。」

這讓我更訝異了，是那個女人發現的？她什麼時候看見的？她幾乎沒有正眼瞧過我。

「撞到的。」我簡短地說。

「該不會又是……在聖中發生過的事情……」

「停！」我大大嘆了口氣，「爸，不是你和那女人想像的那樣，我在聖中只是過得不太愉快，想換個新環境，跟被欺負這種事情完全沒關係。」

「但是妳的臉……」

「我說了，是撞到的，彎腰撿東西的時候，站起來沒注意，結果臉撞到桌角，就這樣而已。」

「是嗎？」

「是眞的，爸，你放心，我完全沒有被欺負，我在三淵過得很開心，而且同學人都滿好的，這樣就好。」說完，我看向窗外。

「如果眞的是這樣就好了……」爸爸沒有把話說完。

十分鐘後，車子在學校附近停下，我打開車門，扭頭對爸爸說了聲謝謝，他一副欲言又止的樣子。

「小熙啊，妳……」

「拜託，爸，我眞的沒有被欺負，在聖中沒有，在三淵也沒有。」我定定地看著他的眼睛。

「沒被欺負當然是最好，可是……」

我等著爸爸把話說完。

「妳還沒原諒她嗎？」

「誰？」我皺起眉頭，對於爸爸的問題毫無頭緒。

「就是……阿姨呀。」

我腦袋轉了轉，才意會過來他說的是那女人。

「原諒？」

「我知道也許妳很難接受，但一直以來她也很痛苦，這對她很不公平啊。」

指揮交通的警察用力吹哨驅趕爸爸的車，他打了方向燈準備切出去，我也走下車將門關上。

離開之前，爸爸特意降下副駕駛座的車窗，傾身過來對我說：「這麼多年了，妳該原諒她了吧。」

目送爸爸的車逐漸駛離，我感到一頭霧水，爲什麼是我該原諒她？

抱著滿腹疑問朝教室走去，我望見沈品睿正蹲在教室前面的走廊低頭玩手機，他應該沒注意到我，所以我打算直接掠過他走進教室。

「喂，小熙！」沈品睿卻忽然跳起來，湊到我面前，盯著我右邊的臉頰不放。

「幹什麼？」我伸手推他。

「果然有瘀青，可是好像沒有很嚴重？」

「因爲她化妝吧。」

孟尚閎的聲音在我身後響起，我轉頭一看，之杏就站在他旁邊勾著他的手。

「天啊，妳的臉怎麼了？」之杏驚訝地問。

我被那三人的目光弄得亂不自在的，抬手遮住自己的臉，不打算多做解釋，只回了之杏一句：「沒什麼，不小心撞到的。」

也不等她回應，我快步進入教室。

踏入教室前門之前，我聽見之杏咄咄逼問沈品睿，我頰上的瘀青是不是他做的好事，他大喊冤枉之後又辯稱自己是不小心的。

我走到座位坐下，並從書包裡找出口罩戴上。

程子莜瞇著眼睛在一旁打量我：「妳今天坐捷運來上學嗎？」

「是我爸載我來的，放心，沒遇到妳哥。」我開門見山地說。

「妳怎麼知道……」她瞪大了眼睛。

「程子又，是吧？」

「所以妳已經遇見過他了？」她立刻站起來。

「確實有在捷運站遇過幾次，但我沒和他相認，我想妳也不想我和妳哥再有任何牽扯吧？因爲他和我交往的時候，他付出了眞心，而我卻沒有。」我冷冷一笑。

雖然我的臉被口罩遮住，程子荻不會看到這抹冷笑，但她還是能看見我眼中毫不掩飾的輕蔑。

「妳！」她雙拳倏地握緊。

「我也不想再遇見任何一個聖中的人，不管妳怎麼討厭我，至少在這方面我們還算有共識。」

她狠瞪我，卻沒有否認。

「我每天早上固定七點到捷運站，妳只要想辦法別讓妳哥在那個時間出現，這樣就不會有機會遇見了。」

「……我知道了。」

對於程子荻如此爽快答應我的提議，我有些訝異，但也沒有再和她交談下去的必要。

我從抽屜拿出沒看完的小說打算繼續往下讀，卻聽見她輕聲說：

「他眞的很喜歡妳，而妳不配擁有他的眞心。」

第三章

那一天，我忘了把水手服交給程子荻，紙袋一直被我放在抽屜裡。

打掃時間，我走到教室後方開始整理垃圾，沈品睿倒是主動走過來幫忙。

「我完全是出於愧疚之心啊。」他一邊收拾一邊叨念。

很快我就發現，有他在只是添麻煩，他彷彿嫌棄垃圾很髒一樣，在收拾的時候，都像古代女人一樣高高翹起了小指。

「這下你就知道平常不該亂丟垃圾了吧。」孟尙閎說了句風涼話，手上拿著課本笑了幾聲往外走。

之杏就站在教室後門，接過孟尙閎的課本後，一臉古怪地看著我和沈品睿。

「他們在交往？」之杏問。

孟尙閎聳聳肩，沒應聲。

「你這邊怎麼弄髒了？」之杏皺起眉毛，伸手摸向孟尙閎的衣領。

「可能吃東西不小心滴到吧。」他低頭看著那塊其實並不顯眼的汙漬。

之杏朝孟尙閎笑了笑，模樣很是溫柔，那樣的笑容，那樣的眼神，我曾經在一些男生臉上見過，其中又以程子又最常對我露出這種表情。

看樣子，之杏很喜歡孟尙閎。

相愛的情侶，眞是不容易。

我轉頭看向正不情願地彎腰整理垃圾的沈品睿，嘖了一聲，一把搶過他手上的垃圾袋。

「幹麼？」沈品睿挑眉。

「如果你覺得垃圾很髒，不用出於愧疚幫我，你這樣只會幫倒忙。」

「哇，還有這樣的喔。」沈品睿發出怪叫。

「是的，所以，走開，我是臉痛，手沒事。」我一句一頓認眞地說，然後用身體把他撞開，「而且你分類沒有做好，這樣垃圾場那邊的工作人員會不好整理。」

「哇，妳處理垃圾處理出心得了啊？」沈品睿又大聲嚷嚷。

「你要『哇』幾次？你是白痴嗎？」我模仿他的聲調，「而且很幼稚。」

「哈哈哈！」沈品睿似乎很開心。

「你是智障嗎？」之杏也鄙夷地對沈品睿說了句，說完以後才轉而對孟尙閎說：「好了，我先走了。」

「喂，之杏。」孟尙閎叫住她。

「怎樣？」

「妳跟康以玄還有在聯絡？」

之杏挑了挑眉毛，神情流露出一絲喜悅，「是呀，怎麼了？你會擔心？」

「當然擔心，他風評不是很好。」

「擔心的是他的風評？不是我與他的關係？」

「妳有選擇的自由，我只是想提醒妳。」

「不用你的提醒，我眼睛雪亮得很。」之杏的臉色忽然垮下來，使勁踩了孟尙閎一腳，旋即轉身離開。

「你又惹她生氣了。」沈品睿一副看好戲的模樣。

「嗯，不知道她在生什麼氣。」孟尙閎聳聳肩，對於之杏留在他布鞋上的腳印毫不在意。

「你們都是白痴嗎？」我忍不住翻白眼，「她在氣你爲什麼不吃醋。」

孟尙閎一愣，眼裡滿是疑惑，「我？吃醋？」

「哇，這妳也知道啊。」

「你有病？一直哇是怎樣？」我將垃圾袋綁好，瞪了沈品睿一眼，「很明顯，一看就知道了。」

「我們的戀愛經驗可能沒妳那麼豐富。」沈品睿笑著，他這句話不是眞心要氣我，但也不完全是開玩笑。

我再次狠狠刨了他一眼。

哼，完全就是掛著笑臉的假面男人。

我雙手各拎起兩袋垃圾，用力把他撞開，抬腳就要往外走。

「哇，好凶！」沈品睿又故意用那種誇張的語調說話。

「幫她拿吧。」孟尙閎說。

「她說她手沒事，可以自己拿。」沈品睿臉上討人厭的笑容絲毫不減。

「不管她的手有沒有事，那種重量女生也拿不動吧。」

「那你要問程子荻了，她怎麼把這種吃重的工作分派給女生。」沈品睿用下巴指了指正在前方拿著抹布擦拭板溝的程子荻。

孟尙閎只是嘆氣，朝我伸手：「給我吧，我幫妳拿兩袋。」

「不用了，男人做得到的事情，女人也做得到。」我抓緊手上的垃圾，冷著聲音說。

「不過有些女人做得到的事情，男人就做不到，例如生孩子。」

「無聊當有趣。」我斜眼睨向沈品睿，那嘻皮笑臉的模樣實在很欠揍。

他不以爲意，似乎覺得惹怒我很有趣，所以我提著垃圾往外走，不再理會他。

步下樓梯的時候，我的手一時沒抓穩，其中一包垃圾就這樣沿著樓梯滾下去，垃圾袋還很順便地爆了開來，弄得樓梯間全是垃圾。

我完全傻眼，眞想放聲大叫或是乾脆把手上的另外三袋垃圾也往下扔算了。

「就說要幫妳拿了吧。」孟尙閎的聲音在我身後響起，他嘆氣看著樓梯間的慘況，「我回去拿掃把。」

「不用了，我自己來就行。」

放下手上的三袋垃圾，我轉身就要走回教室，卻看見沈品睿拿著掃把和畚箕朝我走來。

「需要幫忙嗎？」沈品睿笑嘻嘻地問我。

「不需要。」我伸手要接過他的掃除工具，但沈品睿卻往後退了一步。

「老實地說自己需要幫忙，很困難嗎？」

「面對你，很困難。」我兩眼冒火地瞪著他。

「好吧，那就拿去吧，沒有人願意老是拿自己的熱臉去貼別人的冷屁股。」他把掃除工具遞了過來，臉上的笑意加深。

搶過他手上的掃除工具，我走向樓梯間。

「我可沒有孟尙閎那麼好心。」沈品睿扔下一句。

我回過頭，只見他雙手抱在頭後，慢慢踱步回教室。

我不需要任何人的幫忙，我一個人也可以完成許多事情。

走回樓梯間，灑落的那包垃圾還在，但另外三包放在一旁的垃圾卻不見了。

除了孟尙閎還會有誰，他還是多事地把垃圾拿去丟了。

我一個人在樓梯間收拾，聽見從教室裡傳來說話談笑的聲音，頓時覺得這裡與那裡，只差了幾階樓梯，卻像是截然不同的世界。

收拾到一半，孟尙閎沿著樓梯拾級而上，他雙手插在口袋裡，一言不發地看著我。

「爲什麼要幫我拿去丟？」

「我覺得，這時候妳只要說聲謝謝就行了。」他扯動唇角，露出微笑，停在原處不動。

「你停在這裡做什麼？」我側過身子，讓出一條路給他。

「妳不需要幫忙嗎？」他問。

「不用。」

「是嗎……」孟尙閎聳聳肩，從我身邊掠過，走上樓回教室。

我並不失落，只覺得內心煩悶不已。

把所有垃圾重新倒回垃圾袋裡，再提起垃圾袋走到垃圾場，負責整理垃圾的學生已經離開，子母車也上了鎖，看來我只能把手中的垃圾再提回教室了。

就在我要離開的時候，一個男同學匆匆忙忙跑了過來：「嘿，妳要丟垃圾對吧！」

「對，我以爲你們已經走了。」

「是走了沒錯，但剛才有人跟我說，有個女生不小心在樓梯間打翻一包垃圾，要我們多等一下，那個女生會晚一點過來。結果我不小心就忘了，剛剛想起才跑過來，還好妳還在。」對方邊說邊拿出鑰匙打開鎖頭，「正巧今天垃圾車會晚一點來收，妳還眞是幸運。」

幸運嗎？

聽到這句話，我不由得笑了一下。

將垃圾放好之後，我向眼前這個男同學道謝，他卻一愣，盯著我的臉好一會兒才說：「妳是柴小熙，對吧？」

我的警戒心升起，「是？」

男同學忽然變得有些靦腆，乾笑了幾聲說：「妳可以和我交往嗎？」

我挑起一邊眉毛。

「我知道這樣很唐突，不過我聽說妳……」

「可以啊。」我說。

「眞的？妳甚至不用考慮就……」

「嗯，就交往吧。」我爽快應允，然後越過他往前走，在上樓梯的時候才想到……我不知道他叫什麼名字。

「柴小熙，妳男朋友來找妳。」班上的女生一臉狐疑看著我，又看向外頭那個剛成爲我男朋友的男生。

全班一片譁然，沈品睿更是大喊：「哇！妳交男朋友了啊！」

沒想到對方當天就來接我放學，無所謂，男人總是想宣示自己的主權，也不管會不會造成我的困擾。

我將書包收一收，站起來要從後門走出去時，鄰座的程子荻不屑地說：「動作挺快的，這麼不甘寂寞？」

「妳也可以告訴妳哥，我就是如此公車，迅速又交了新男友。」

我的話當然惹惱了她，程子荻別過臉不吭聲。

「我來接妳。」那男生傻笑著看我，還理所當然地牽起我的手。

步下樓梯之前，我順勢扭頭一瞥，沈品睿依舊掛著無所謂的微笑目送我們離去，而孟尙閎則皺起了眉毛。

我和這個不知名的男友一起從學校離開，他問我要不要去附近一個小公園走走，我對三淵附近的地理環境還不太熟悉，也不想太早搭捷運回家，以免再次遇見程子又，所以我就點頭說好。

走到某排建築的騎樓下，他說起今天在學校發生的事情，話裡提及的人名我都不認識。

這讓我忽然想起以前在聖中的時候，程子又也會跟我說起他在學校和朋友發生了哪些事，他知道我不認識他的朋友，所以還會特意向我介紹那些朋友的背景，雖然我從來沒有在意過。

「妳有在聽嗎？」新男友不太高興。

「嗯。」

「那我剛才說什麼？」

我輕輕嘆氣，「我沒在聽。」

「那妳幹麼說謊！」他甩開我的手。

「我家不是往這邊，我要走了。」我轉身就要走開，他卻再次拉住我的手。

「不准走！」

我被他推到騎樓的鐵捲門上，發出好大的聲響，想必我的制服也被鐵捲門弄髒了。

我瞇起眼睛問他：「你幹什麼？」

「我不是故意的，但妳的態度……這樣又爲什麼和我交往？」

「難道你以爲我是因爲喜歡你才跟你交往嗎？你呢？你喜歡我嗎？」

他回答不出，面色大變。

我冷笑了一聲，「不是因爲喜歡我，而是因爲傳聞說我來者不拒，恰巧我的外表又是你們男生會喜歡的類型是吧？」

「不是那樣，我怎麼可能那麼膚淺！」他反駁。

男人明明會爲了膚淺的原因喜歡上一個人，卻又不肯承認，好像這個事實有多麼侮辱他們一樣。

「我不介意。」我說。

他一愣，隨即露出輕蔑的神情，「難道妳眞的如傳聞所言，是個公車？」

「公車也會挑人。」我說，接著用力推開他的手離去。

大家都很容易喜歡上外貌美麗的人，卻往往羞於承認是被對方美麗的外表所吸引，認爲這樣的自己很膚淺。

忽然間，我好想去程子又推薦的那間咖啡廳，去那裡靜靜地待著。

隔天，果不期然，流言再次滿天飛。

不外乎就是柴小熙這碧池與交往一天的男友火速分手，因爲她嫌對方膚淺。

我來者不拒的傳聞被傳得繪聲繪影，大家表面上異口同聲譴責我的隨便，但私下跑來找我要求交往的男生也不少。

只要對方看起來還算順眼，我幾乎都會答應，但總會補上一句：「除了你，我還會有其他男朋友。」

換來的就是更難聽的謾罵，但也有男同學帶著玩味說：「那表示我也可以有其他女朋友？」

「隨便你。」我說。

當我和不同男孩親密地搭肩或手牽手走在校園裡時，那些用鄙夷眼神看著我的女同學，眞讓我想起了過去在聖中的日子。

「妳也是這樣對待我哥的嗎？」體育課時，程子荻手上拿著籃球，突然走到我面前對我說。

最近，班上已經沒幾個女生願意跟我說話了，也許是因爲藉由我，才發現她們有過好感的男孩們，也是那種「膚淺」的人。

「什麼意思？」

「有了他不夠，同時也有其他男朋友，然後讓他看著妳和其他男生在學校親熱？」

「親熱兩個字太露骨了，我可不覺得自己有跟男生做出什麼太超過的肢體接觸。」

我冷笑。

「妳可能不覺得，但看在大家眼裡就是這樣。」

「那是因爲你們都用放大鏡看我。」

「別把問題推到別人身上，自己做得好，就不怕被人放大檢視。」程子荻一副大義凜然的模樣。

我翻了個白眼：「我何必爲了害怕別人的眼光而放棄做自己？」

「所以和一堆男生胡亂交往，就是妳所謂的做自己？」

聽她這樣說，我反而一愣，頓了頓才回答：「沒錯。」

「眞是噁心。」她嫌惡地說，扭頭走開。

我不以爲意，一個人對著籃框練習投籃，忽然一顆籃球擊中了我的背，力道並不算很大，籃球落在我的腳邊，我轉頭朝後方看去。

「抱歉，能幫我撿回來嗎？」兩、三個班上女生站在籃球場邊，邊竊笑邊說。

「自己丟的自己撿。」我回過頭，繼續練習投籃。

「這麼沒有同學愛啊？」那幾個女生一搭一唱。

籃球場上的人紛紛朝我們看了過來，愛看熱鬧是人的天性。

「好啊，可以。」我撿起地上的籃球，用力往她們一擲，「去撿啊！」

「妳這……」她們沒料到我有此反應，全瞪大了眼睛，滿臉不可置信，有個女生甚至指著我高聲叫罵起來。

班上男生都停住了手上的動作，圍在一旁發笑，就連沈品睿也一副等著看好戲的嘴臉。

「妳們以爲我第一天被這樣對待？如果妳們認爲我是那種乖乖被欺負的受氣包，那就錯了！」我惡狠狠地瞪著她們。

面對壞人，唯有比對方狠，才得以生存。

「不要理她，簡直是遇到神經病！」其中一個女生勸阻，另外兩個也只能悻悻然地撿起籃球，走到球場另一頭，與我保持距離。

我哼了一聲，撿起自己的籃球，然後繼續投籃。

就在我投出的球即將落入籃框之際，另一顆籃球飛過來打掉我的，滴溜溜地落入籃框，同時響起的是一聲從我身後傳來的歡呼。

「你幹什麼？」我回身看去，沈品睿正嘻皮笑臉地望著我。

「妳一個人就占用一個籃框，太說不過去了吧。」

「好，那讓給你。」我拱手相讓。

「妳總是這樣，像刺蝟一樣渾身是刺。」

「我是遇到攻擊才會反擊。」我不以爲然。

「所以，應該說她是河豚比較恰當。」孟尙閎拿著籃球從遠處朝球場走來。

「你剛去哪兒了？錯過了一場精采好戲。」沈品睿問。

「老師找我，沒辦法。」孟尙閎聳聳肩，又看向我說：「不管是刺蝟還是河豚，牠們都只是張起身上的硬刺，虛張聲勢。」

「別擅自說得一副很瞭解我的樣子，我並不認同你們兩個對我的看法。」

「不過，在妳轉學過來之前，我們班上的女生都挺和平的。」沈品睿做出投籃姿勢。

「你是想說，我破壞了班上的和平氣氛？」

「不，我是沒有想到女生竟然這麼無聊。」沈品睿輕鬆一擲，籃球準確地落進籃框。

「班級就是社會的縮影，社會上大多數的人就是這樣，會對與眾不同的人產生排斥。」孟尙閎也跟著投籃，這兩個人隨隨便便都能進球。

「我不覺得自己有什麼不同。」

「妳和大多數人不一樣，這就是不同。」孟尙閎撿回籃球，環顧四周後才又淡淡地說：「雖說做自己很好，但如果想生存下去，還是稍微收斂比較好。」

「隨便你怎麼說，人從出生到死亡都是一個人，我一個人也能過得很好。」

「誰有辦法一個人啊。」孟尙閎難得露出有些淒涼的表情。

下課鐘響起，孟尙閎和戴昀茜是今天的值日生，兩個人開始清點器材準備歸還體育室。

而我一個人往廁所方向走去，沒多久，我就察覺到剛剛那幾個找麻煩的女生一直跟在我後面。

在聖中令人不愉快的記憶湧現，像上廁所上到一半，卻被人從門板上方潑水這種無聊的惡作劇，我可不想再體驗。

於是我故意在學校繞了好幾圈，她們也始終不死心地跟著我。

我企圖想去老師專用的廁所，但不巧廁所前掛著一塊牌子寫「故障中」，最後我心一橫，逕自走進廁所，那幾個女生也跟了進來。

「妳們跟著我想幹麼？」我轉過身問。

「怎樣？學校有限制學生不能自由走動嗎？我們愛去哪裡就去哪裡，是吧？」爲首的女孩臉上化著淡妝，內眼線讓她看起來很有氣勢。

「念絜，我覺得還是不要這麼做比較好。」一個性格比較膽小的女生說。

「張家宣！妳喜歡的沈品睿也特別關照她，難道妳不生氣？」留著一頭卷髮的周羽菲瞪著我，「就連孟尙閎也特別會和妳說話！」

我不禁翻了個白眼，這根本夾帶私人恩怨。

「沈品睿用那種不正經的態度對待我，妳們有需要這麼生氣嗎？因爲孟尙閎而找上我，我更是無辜了，妳要吃醋也該找那個叫之杏的女生才對吧！」

「妳在講什麼？」周羽菲皺眉。

「況且妳們該感激我幫妳們分辨出了誰是渣男，爲什麼要討厭幫助妳們看清人性的我？」我冷笑。

「賤女人，不要隨便亂說！」蕭念絜對我吼。

「愛情是種盲目的信仰，妳們只相信自己看見的東西，愚蠢。」

「總比妳玩弄別人的眞心好。」張家宣的聲音雖然微微顫抖，直視我的目光卻十分銳利。

「我玩弄誰的眞心？來接近我的人，有哪個是眞心的？」我問。

我不相信愛情，因爲，我從沒體會過愛。

眞愛或許存在，但有些人終究遇不到。

「那是妳自己造成的。」突然有另一個人的聲音響起，我們所有人都嚇了一跳，朝緊閉的廁所門一看，只見程子荻推門走出來，手裡拿著她脫下來的內搭衣。

「我哥曾經拿眞心對妳，是妳沒看見。」她咬牙切齒。

「妳哥是例外。」我別過臉。

「怎麼回事？子荻，妳哥也和她交往過？」蕭念絜問。

「很久以前的事情了。」她走到洗手台洗手，「這一堂課是張雲嬌的課，別爲了她浪費時間。」

「我不甘心啊！爲什麼沈品睿對誰都不認眞，卻對妳特別執著？」張家宣氣得哭出來。

「對我執著？妳們是瞎了嗎？他對我可沒好臉色過。」

「那就是重點，沈品睿對任何女生都和顏悅色，任她們予取予求，但唯獨對妳不一樣。」周羽菲瞇起眼睛。

「這種『不一樣』就是特別對待。」蕭念絜輕拍張家宣的肩膀。

「他對程子荻也沒好臉色過，不是嗎？」我指著一旁看似事不關己的程子荻。

「我是他的青梅竹馬，本來就不一樣。」程子荻瞄了一下手錶，「再不回去眞的會被罵，我要走了。」

蕭念絜一夥三人互看一眼，不情不願地粗聲對我說：「我們跟妳還沒完！」便也跟著程子荻離開廁所。

好，我終於可以上廁所了。

我才不在乎被罵什麼的。

待我走出女廁時，卻看見沈品睿坐在一旁的樓梯，手撐在膝蓋上看著我。

「沒打起來，眞可惜。」他臉上的笑容很輕浮。

「你有病嗎？」我皺起眉頭。

「我還眞不知道女人永遠是惹毛女人的最佳觸媒呢。」他站起身，拍拍自己的褲子。

我不理會他，逕自往前走，他卻忽然衝到我面前，伸出一隻手擋住我的去路。

我不耐煩地問：「你想怎樣？」

「沒有想怎樣，只是覺得有趣。」他嘴角勾起的弧度顯示他確實覺得有趣。

「走開。」我瞪著他那張欠揍的臉。

「不走。」

我轉身要從另一頭走，但他馬上再伸出另一隻手擋住那個方向，並整個人朝我逼近，頓時，我被他的雙臂困住。

「我話還沒說完。」他再次朝我貼近。

我知道男人都不是好東西，但這卻是我第一次覺得男人真的很可怕。

「你、你走開！」我兩拳緊握，聲音有些慌亂。

他感到訝異，略略瞪圓眼睛，「沒想到妳也會害怕，妳交過這麼多男朋友，怎麼可能沒被男人這樣靠近過？」

「他們、他們不會逼我。」

「哇，妳可真沒見識過壞男人。」他鬆開手，往後退了些，「我也沒有要逼妳什麼。」

「沈品睿，你很討厭我？」我喘著氣，忿忿地看向他。

「或許吧，但同時我對妳也很有興趣。」他的手指滑過我的臉頰，「妳來者不拒的理由是什麼？」

我拍掉他的手，「沒有理由。」

「那我來猜猜看……自暴自棄？報復？不懂喜歡的意義？無法分辨自己要的是什麼？」他雙手環胸。

「不關你的事。」

「我喜歡女生，靠近我的女生都喜歡。」沈品睿臉上的表情我從未見過，雖然依舊掛著微笑，卻好像隱含著另一種我分辨不出的情緒。

沈品睿傾向我，朝我伸出的手卻停在半空中，「我無法分辨自己比較喜歡誰，所有人我都喜歡，對我來說，沒有一個人是特別的。」

我瞇起眼睛，「我和你不一樣。」

「那妳就是誰都不喜歡。」沈品睿笑著，往後退到另一邊，背靠上牆。

「我可以走了嗎？你要說的話說完沒？」我沒有耐心聽他閒扯。

「妳和我很像，柴小熙。」

「我們不一樣。」

「不，我們一樣，卻又恰恰相反。」

我深吸一口氣，「你到底想說什麼？」

他露出開心的表情，「也許我們可以互相幫忙？」

「幫什麼忙？」他的話令我一頭霧水。

沈品睿先指著我，又指向他自己，「妳不懂喜歡的感覺，而我無法分辨什麼是不喜歡，我們不就是最佳拍檔？」

「什麼？」

「很奇特的，我喜歡每個女生，可以看見每個女生身上的優點，卻看不見妳的，也沒有喜歡妳的感覺。」

「這句話還眞令人不爽。」我翻了個白眼。

「只有這樣，我才能和妳維持純粹的朋友關係。」

「何必？你已經不喜歡我了，代表你懂不喜歡的感覺了，我幫不上你的忙。」我厭煩地擺擺手。

沈品睿摸著下巴，「是啊，那這樣是不是表示，妳對我來說很特別？」

這一次我直接轉身大步離開，不再理會他的胡言亂語。

沈品睿並沒有追上我，我腳下絲毫未停，卻忍不住回頭朝他看去，他依舊站在原處，拿著手機不知道在做什麼，而我卻因沒注意前方，撞上了一個人。

「妳又蹺課了？」康以玄認出了我，隨即向後朝樓梯一瞥，一陣腳步聲從那兒傳來，「別說看到我。」

說完他就跑開，而樓梯間走下一個身材高大的男生，是孟尙閎。

「怎麼這間學校的人都不上課的？」我無力地說。

「我沒有蹺課，是爲了收拾體育器材，所以還沒回教室。」孟尙閎邊說邊東張西望，明顯是在找人。

「你在找誰？」

「都找。」他說，然後來到我面前，「妳怎麼還在這兒？」

「問你的好朋友，沈品睿衝著我發瘋了。」

他笑了起來，「品睿再怎樣也不會對女生發瘋，很偶爾才會冷嘲熱諷。」

我回頭看了看，沈品睿人已經不見了，而康以玄的身影出現在中庭，他正往另一棟教學大樓跑去。

「被他跑了。」孟尙閎抓了抓頭，「回教室吧。」

「你幹麼追他？」

「還不是之杏的事，我正巧遇見他，就想問問他到底在想些什麼。」孟尙閎聳了聳肩。

原來是爲了女友爭風吃醋。

「還眞有趣，我以前只見過女生爲男生吃醋。」

「妳在講什麼啊？」他皺起眉頭。

「我不太相信愛情，沈品睿看待愛情的態度也很奇怪，你卻能爲了女朋友做到這個地步。」

孟尙閎先是挑起一邊眉毛，接著笑了起來，「所以說，品睿已經告訴妳他來者不拒是因爲不懂『不喜歡』的心情？」

「你果然也知道。」我不意外。

「就是一些中二的煩惱，男生總是有些……奇怪的煩惱，畢竟他很完美，只是在感情方面有點遲鈍。」他雙手環成一個圈，「女生對他來說就像是一堆玩具，每個都喜歡、每個都想玩，對品睿來說，他還處於這樣的階段。」

「用玩具來形容女生，你也不簡單。」我有些鄙視他。

「別誤會，我只是舉例。」孟尚閎沒有被我的嘲諷刺傷，「他總有一天會明白喜歡的心情，倒是妳，這樣好嗎？」

「啊？」

孟尚閎定定地望著我，「男生來者不拒，和女生來者不拒不一樣喔。」

「社會慣有的性別歧視。」我冷笑，「女人如果是小三總會被撻伐，但男人有兩個女人卻會被說是有能力。」

「有嗎？劈腿的男人會被說是有能力嗎？」孟尚閎歪著頭，「父權社會存在太久，總是有些餘毒未盡，但會慢慢改善，妳不就是最好的證明？」

他的話雖令我不悅，卻也算中肯。

「所以說，柴小熙，就算妳有自己的苦衷，也別用這樣的方式找尋眞愛。」

「我來者不拒不是爲了找尋眞愛。」我瞪向他，孟尚閎一臉不解，「而是爲了證明沒有眞愛。」

「原來是這樣啊，那我完全猜錯了。」沈品睿的聲音出現在樓梯口。

孟尚閎嘆氣看向他，「你又在幹什麼？」

「沒啊，我要走回教室，碰巧聽見你們的對話嘍。」

沈品睿嘻皮笑臉，我知道他說謊，想必他是故意從另一邊繞過來樓梯間偷聽。

「小熙，妳想證明世界上沒有眞愛，這對我來說還眞是打擊啊，我是相信眞愛的唷，我覺得每個跟我交往的女生都是眞愛。」沈品睿笑著搭上孟尙閎的肩膀，「而且說我像小孩子一樣，每個玩具都想要，也太過分了吧！」

「但你確實就是這樣啊。」孟尙閎輕輕地挑了挑眉。

「好吧，既然如此，我換個說法。小熙，我向妳證明世界上有眞愛，而妳則向我證明世界上沒有眞愛，這樣如何？」沈品睿對我說。

「別無聊了。」在我回答以前，孟尙閎已經先開口。

「尙閎，你也無法證明眞愛是否存在，不是嗎？」沈品睿意有所指。

孟尙閎頓了一下，沒有否認。

「他和之杏之間就是眞愛，你已經成功證明了，結束這場無意義的對談吧。」我的話讓他們兩個交換了一記奇怪的眼神，沈品睿擺擺手：「也許他和之杏某種程度上算是眞愛沒錯，但……反正這個例子不算。」

孟尙閎依舊沒有反駁，只是聳肩，「上課鐘響已經過了二十分鐘，現在才回教室絕對會被追究。」

「那就別回去啦！當作蹺課，我們高一挺常這麼做的不是？」沈品睿哈哈大笑。

「對，在張雲嬌找我父母來約談前。」孟尙閎翻了個白眼。

「你那對貌合神離的父母，站在一起其實還挺登對的。」沈品睿嘿嘿笑著。

我有些疑惑地看著孟尙閎的臉，他和我一樣，與父母之間的關係都不好嗎？可是他卻有之杏這樣的女朋友，而且還願意相信愛情？

「要我向你證明沒有眞愛，是嗎？」我問沈品睿。

「是啊，妳願意和我玩這個遊戲了嗎？」他開心笑著。

「好，限期半年之內，你要讓我相信世界上有眞愛，而我會讓你看見，世界上沒有眞愛。」

「沒問題。」沈品睿朝我伸出手，我沒有猶豫地與他擊掌。

「你們挺無聊的。」孟尙閎雙手叉腰，目光落向站在另一棟教學大樓的康以玄。

想要證明世界上沒有眞愛，第一個步驟就是先破壞他人的愛情。

第四章

「無條件的愛，往往來自遺憾。」

早自習時間，沈品睿坐在我前面，手裡捧著一本小說對我唸唸有詞。

「你在幹什麼？」我一手撐著頭，視線逗留在自己面前的小說裡。

「我前幾天剛看完這本暢銷愛情小說，怎樣，妳聽了有什麼感覺嗎？」他順手拿起桌上的筆，竟提筆在書頁上畫線。

「你以爲念幾句小說台詞就能讓我體會到眞愛？而且我討厭有人在書上塗鴉。」我冷笑。

「這不是塗鴉，我是覺得書上的句子還不錯，才會想畫線耶！」他翻過手上小說的淡藍色書封一看，「怪了，書腰上面寫著這本小說很受女性讀者歡迎耶，妳無感嗎？」

「我不看愛情小說。」我晃了晃手中的書，「我喜歡災難小說。」

「哇，眞可怕，不會連看電影也是喜歡那種世界末日題材的災難片吧？」

「有什麼不好嗎？」

沈品睿抽走我手中的書，放在一旁，把那本愛情小說硬塞給我，「妳需要柔和的調劑。」

「我不看這個。」我皺眉。

「就看一下吧。」他站起來走回自己的座位。

程子荻一臉狐疑地看了過來，「幹什麼，你們交往了？」

「沒有。」我瞇起眼，「不會妳也喜歡沈品睿吧？」

「我眼光沒那麼差。」她哼了聲，指了一直朝我們這邊覷來的張家宣，「但是大多數的女生眼光都很差。」

「我才不在乎她們。」瞄向沈品睿塞給我的愛情小說，我隨口問她：「妳要看嗎？」

程子荻瞥了一眼，「那本我看過了。」

「原來妳會看愛情小說。」

程子荻的臉微微一紅，「怎樣，不能看愛情小說嗎？」

「我沒這麼說啊。」我隨手翻著這本愛情小說，封底一樣是美麗的淡藍色，「那這本好看嗎？」

「沈品睿是個爛男人，但挑書的眼光還不賴。」她冷冷說著，「妳不要跟我說話好嗎？」

「基本上是妳先開口的，不知道妳還記不記得。」我聳聳肩。

程子荻瞪了我一眼，便不再接話，翻開桌上的課本，而我則把愛情小說收進抽屜，繼續把自己那本災難小說看完。

下課的時候，我離開座位去廁所，順手把災難小說收進抽屜。回來後，我伸手朝抽屜摸去，卻發現只剩下一本小說，沈品睿丟給我的那本愛情小說不見了。

「你拿回去了嗎？」我大聲問正在和孟尚閎閒聊的沈品睿。

「什麼東西？」

「你早上給我的小說。」

「沒有啊，就是借妳啦。」

我再次翻找抽屜，「沒有看到，不見了。」

「怎麼可能。」沈品睿走到我座位旁邊，「有放在書包裡嗎？」

「沒有啊。」我打開書包翻找。

「那個紙袋呢？」沈品睿指著放在椅子與牆壁之間的紙袋。

「啊。」我都忘了……

「怎麼了，幹麼又聚在這裡？」和其他女生結伴從外面回到教室的程子荻走回座位。

「這是要給妳的。」正好，我把紙袋交給她。

程子荻一臉狐疑，不願意接過。

「不是什麼壞東西，快點。」我將紙袋往她一堆。

「她不會害妳的……應該吧？」沈品睿還是那副嘻皮笑臉的態度。

「什麼……」程子荻接過紙袋，低頭一看，睜大了眼睛，「這是……」

「我答應過要給妳，還是妳當時其實不是真心想要的？」

「當然是眞心想要的，只是沒想到妳眞的會給我。」程子荻露出不可置信的表情，以及一個微笑，「謝謝妳。」

聽到這句話，換我微微瞪大了眼睛，程子荻竟然會跟我道謝，我還以爲她會很不屑地拒絕接受，或者是毫不客氣地拿走。

「不過這衣服我可能要小心收好，以免被我哥看見。」

「說得也是。」我隨口答，繼續四處翻找那本憑空消失的愛情小說。

「妳哥和小熙認識呀？」沈品睿抓到關鍵字。

「不關你的事。」程子荻也算挺有義氣，抓緊紙袋坐回座位，「妳在找什麼？」

「那本愛情小說。」

「妳不是放在抽屜嗎？」

「不見了啊。」可能的地方都找過一輪，我決定放棄，有些無奈地坐下，「沈品睿，我再買一本還你吧。」

「不用，那本我已經看完了。」他聳肩，「我比較希望妳能看完。」

一股莫名奇妙的罪惡感忽然湧上來，就算我本來不想看，現在也變得一定要看了。

「……我先確認一下，不是你故意把小說拿回去，好讓我懷有罪惡感吧？」

「大人啊，聽聽看妳說這是什麼話，我才不會做那種事情呢。」他拉開嗓門辯駁。

「我可以爲他證明，他剛才一直跟我在一起，並沒有靠近妳的座位一步。」孟尙閎一手滑著手機，另一隻手舉在半空中。

「好朋友！」沈品睿對他豎起了拇指。

「我知道了，我會去買一本還你。」說完，我才又補上一句：「當然會看完才還你。」

「我期待與妳分享心得。」他對我眨眨眼，愉快地回到座位上。

「所以怎樣？是妳要慘遭沈品睿毒手，還是他要遭妳毒手？」程子荻就算收下聖中的制服，對我的態度也沒有變得比較和善。

「都不是，所以沈品睿眞的是來者不拒？」

「嗯，眾所皆知，只要女生跟他告白，他就會和對方好上一陣子，可是不會明說是在交往，他也不會放棄和其他女生走近的機會。」

「那明明跟我一樣啊，爲什麼我就要被大家排斥，而沈品睿就可以悠遊自在？」

「男女有別吧，我針對妳主要是爲了我哥，否則我不會對妳有意見。」程子荻又朝紙袋內的制服瞥去，臉上浮現了笑意，「好吧，我會多安排一個人幫妳整理垃圾。」

「妳身爲衛生股長權限還眞是大。」聖中制服的威力也眞大，我不禁如此想。

「哼，還可以。」她對我露出一個淘氣的笑容。

好吧，第一次覺得她還滿可愛的。

當我睜開眼睛時，已經接近中午十一點了。

很久沒有在假日睡到那麼晚，而那女人居然也沒來叫我起床，門外傳來電視與交談聲，看樣子那女人和爸爸都在家。

換下睡衣，我走出房間，看見他們兩個都已換上一身外出服。

爸爸欣喜地問我：「妳起來啦，今天要不要一起出去吃飯？」

我斜眼朝坐在沙發上的那女人看去，她一臉彆扭，好像又有點不知所措，她根本就不想我去，卻又無法阻止爸爸開口，太明顯了。

「我今天和朋友有約了。」

「是嗎？眞可惜啊，我們很久沒有一家人一起出去了，下次找一天吧。」爸爸難掩失落。

「嗯。」我只是點點頭，又多看了那女人一眼，她正巧也看著我，我頓時一驚。

我還以爲她會很高興我不跟，但從她的表情看來，好像並不是這麼一回事，她臉上有種我分辨不出的情緒。

爲此，我輕輕皺了皺眉，她似乎察覺到我探究的目光，連忙別過臉，裝作在認眞看電視。

「那你們好好出去吃飯吧。」我說，轉身走進浴室。

等聽見他們關門離開的聲響，我才走出浴室，腦海中再次浮現剛才那女人臉上的表情，她好像……有點希望我一起去？

算了，別多心了。

我換上外出服，拿了包包到樓下隨便解決午餐，接著上書局買了我以爲這輩子絕對不會買的愛情小說，然後到捷運站附近租借了腳踏車，騎到那間咖啡廳。

一如往常，店裡的客人不多，氣氛幽靜舒適，讓我的心情頓時好上不少。

「歡迎光臨。」

負責打理咖啡廳的年輕女人對我露出親切微笑，我也朝她點頭示意，走到最裡面的座位。

這次是由那個年輕男人走到桌邊，將菜單遞給我，他回到櫃臺時，與那年輕女人說了幾句話，兩人相識而笑。

他們還是一樣相愛，對吧？

雖然有一種奇怪的氛圍揮之不去。

我想，他們絕對不是彼此的第一個伴侶，也不會是最後一個。

我到櫃臺點了水果茶以及餅乾，回到座位後深吸一口氣，才翻開那本愛情小說。

一直以爲，愛情小說裡描述的盡是些不切實際、情節起伏很大的「偉大」愛情故事，但這本書不太一樣，書裡的男女主角都活得好好的，明明彼此相愛，卻壓抑心意將近一輩子，始終沒能在一起。

這樣的情節看似平凡，卻讓我感到悲傷。

不過現實不就是如此，作者只是寫出了可能會在現實生活裡發生的事，就足以騙走讀者的眼淚？

我闔上書本，沈品睿的眼光還算不錯，至少讓我對愛情小說改觀。

「這本很好看吧？」那個年輕女人正拿著抹布擦拭旁邊的桌子，突然對我說。

「嗯，還可以。」我喝了一口水果茶，才發現都涼掉了。

「如果只是還可以的話，妳就不會一口氣從下午兩點看到日落時分了。」她笑著指向窗外，果然天色已經染上一片鮮豔的橘紅了。

「我平時很少看這類型的小說。」

「其實我們大家都是從小就開始接觸啦，像是《人魚公主》、《白雪公主》、《睡美人》之類的童話故事，不是也都跟愛情有關嗎？我學生時代也很常看愛情小說，書裡寫的都是些至死不渝的愛情故事，誇張得要命，讓我對愛情也曾經充滿了嚮往。」

「那現在呢？」我瞥了眼櫃臺內的年輕男人。

「嗯，和小說裡的愛情不一樣，現實生活裡，談一場戀愛必須經過很多妥協，還需要考慮很多因素，像是家世背景、經濟情況、年紀差距等等，有時還有一些莫名的『責任』得扛，現實人生的愛情一點也不純粹。」年輕女人反手靠在桌子邊，面向我歪著頭說。

「所以，你們之間不算是眞愛嘍？」我指了指她和那個年輕男人。

「哈哈哈哈！」沒想到年輕女人突然大笑。

「我說錯什麼了嗎？」她的反應令我感到不解。

「沒想到會從妳這麼年輕的孩子口中聽見『眞愛』這兩字。」她捂嘴低笑，對投來好奇目光的年輕男人擺了擺手，表示自己沒事。

「怎麼了嗎？」我覺得被看不起了，有些生氣。

「我不是那個意思啦！眞愛呀，嗯，我和他算不算眞愛呢？」她微笑看著待在櫃臺裡的年輕男人，眼神流露出溫柔。

其實不用她親口回答，她的神態已經表露無遺。

從咖啡廳走出來時，已夜幕低垂，我在田野之間騎著腳踏車前進，想起剛剛看完的那本小說裡，有一幕也是男女主角在田野間騎著腳踏車。

想到這裡，我忍不住回過頭，只見那間咖啡廳的窗戶透出暈黃的燈光，除此之外，沒有任何人與我一同走在這條筆直的道路上。

突然間，我覺得有些孤寂。

看了眼放在車籃裡的那本愛情小說，看來這種東西還是少碰爲妙。

在捷運站歸還了租借的腳踏車後，我突然想起有樣東西沒買，便轉身往與家方向相反的藥妝店走去，意外看見孟尙閎和之杏一前一後走在對面的騎樓下，這是我第一次看到那兩人身穿便服。

孟尚閎手上提著許多東西，之杏則是一臉愉悅地走在前頭，不時回頭看著他巧笑嫣然。

「爲什麼老是要使喚我？」孟尚閎無力地說。

相隔一條馬路，我卻能清楚聽見他的聲音。

「不使喚你要使喚誰？難道連……」

紅綠燈號轉換，車子一輛輛從馬路上呼嘯而過，之杏的聲音被吵雜聲掩蓋，我聽不清。

之杏走回孟尚閎身邊，從他手上接過兩個提袋。

孟尚閎露出無奈的微笑，追上之杏的腳步，兩人的身影消失在轉角。

假日的夜晚，他們結伴行走在街道上，兩人之間的感情比我想像中的還要好。

我朝另一個方向走去，他們並肩同行的畫面在我腦中揮之不去。

隔天我把那本愛情小說帶去學校，打算還給沈品睿，卻沒見著他的人。

只見孟尚閎坐在位子上低著頭專心滑手機，原本想問他沈品睿去哪裡了，昨晚的那幕畫面忽然竄入腦海，欲出口的問句不知怎麼又吞回去。

「怎麼了？」

正打算走回座位的時候，孟尚闕卻開口叫住我。

「你明明沒有抬頭，怎麼知道我過來？」

「妳知道什麼是眼角餘光吧？」孟尚闕關掉手機螢幕，抬頭朝我微笑：「有什麼能效勞？」

「沈品睿人呢？」

「他感冒，今天請假在家。」孟尚闕注意到我手上的書，「妳真的買一本新的還給他？」

「畢竟勉強算是我弄丟的。」我看了一下空著的座位，「他也會感冒啊？」

「誰知道是不是裝的呢？」孟尚闕笑了幾聲，朝我伸出手，「我下課會去他家看他，交給我吧。」

「也好。」我把小說遞給孟尚闕。

他接下來收進書包裡，我瞥見他的書包內裡用立可白寫上了幾個名字，分別是：之杏、夕旖、千裔。

「那些是什麼？你交過的女朋友嗎？」

「這個？」他修長的手指撫過那幾個名字，「她們是我很重要的人。」

「真是噁心。」我嫌惡地蹙眉。

「一點也不噁心，我很愛她們。」他微微笑了笑，放下書包。

看他這樣，還真的不太爽。

明明昨天才和之杏甜蜜約會，今天卻說自己還很愛前女友們，而且怎麼會用愛這個字？

「之杏知道你把她們的名字寫在書包內裡嗎？」

他有些愣然，「不用特別讓她知道吧。」

「哼。」

「柴小熙，妳……」他頓了一下，又說：「算了。」

看他那模樣就來氣，我決定轉移話題，「我和你一起去吧。」

「去哪裡？探望品睿嗎？」

「嗯，他要我跟他分享讀後心得。」這當然只是其中一個原因，我裝作不經意地問：「所以之杏也會一起去嗎？」

「她今天有事情。」他皺了皺眉，「後來妳還有在學校看到她和康以玄在一起嗎？」

我聳聳肩，「沒特別注意。」

「嗯，好吧。」

「我以爲你不在意呢。」

「我是不在意，但又很在意。」

「是喔。」

「是我的錯覺嗎？總覺得妳講話好像帶刺？」他雖然這麼說，臉上卻沒有不悅。

「你的錯覺。」我用力吐出這四個字。

孟尙閎又笑了，站了起來，「要去買飲料嗎？」

「不要，我喝水。」

「那我換個方式說。柴小熙，和我去買飲料吧。」他竟對我提出邀約。

「爲什麼？」

「沒有爲什麼，因爲我想。」孟尙閎用霸道的語句說，卻帶著一些孩子氣。

「理由？」我挑眉。

「因爲我想。」

毫無說服力，所以我駁回。

「也許途中可以聊一聊之杏？」

他的話引起我的興趣，於是我終於點頭答應，然而不知道爲什麼，孟尙閎見狀竟笑得更開心。

「你老是不知道在開心什麼。」而且很讓人火大。

「開心總比不開心好吧？」孟尙閎不以爲意，站起身朝教室後門走。

此時，我湊巧和程子荻對上眼，她睜大了雙眼對著我比手畫腳，我看不懂她想表達什麼，也沒打算弄清楚，掉頭和孟尙閎一起往合作社走去。

「你之前說過，之杏有選擇的權利。」

「之杏當然有選擇權啦，但康以玄的評價不太好，所以我會希望她別太蠢。」

「你還眞怪，剛剛說很愛之杏，卻能允許她和其他男人曖昧？」我說，而他再次用了古怪的眼神看我，接著露出微笑。

「又在笑什麼？」

「沒什麼，我只是覺得……妳還挺有趣的。」孟尙閎手插在口袋，哼起奇怪的歌。

第一次和他單獨走在學校裡，我才發現孟尙閎有多引人注意，也許是他的身高，也許是他還不算差，甚至可以說是好看的外表，又或許因爲他是沈品睿的好朋友，更可能是……他和我走在一起的關係。

總之，孟尙閎收到許多女孩投來的愛慕眼神，這是我之前沒有留意到的。

「其實你很受歡迎，是吧？」到了合作社，我問。

「是嗎？」

「看樣子之杏也挺辛苦的。」

孟尙閎拿了瓶運動飲料，而我則拿了紅茶，來到櫃臺後，他連我的一起結帳，態度很理所當然。

「不用，我自己付。」我趕緊把十元硬幣放上櫃臺。

「十塊而已，我請妳就好。」

「十塊而已，我自己出就好。」

「妳滿倔強的。」走出合作社，孟尙閎如此說，「而且剛才是誰說只喝水就好？」

「反正都來了。」我聳聳肩，轉頭一瞥，看到蕭念絜等幾個班上女生也朝合作社走來。

「你的愛慕者來了。」我淡淡地說。

孟尙閎的視線掃過那幾個女生，「是品睿的吧。」

我挑眉，原來他也知道，不過我說的不是張家宣，而是周羽菲。

那幾個女生也看到我和孟尙閎走在一起了，周羽菲臉上的表情變化說有多經典就有多經典，她端起笑容朝我們點頭示意，眼裡那股無形的殺氣只有我感受得到。

「難怪之杏會常來我們班巡邏。」我故意調侃孟尙閎。

「妳啊，是不是誤會了我和之杏的關係？」他停下腳步，好笑地看著我。

「她不是你的女朋友嗎？」

孟尙閎瞪圓眼睛，眉毛高高挑起：「她——」

「是女朋友沒錯喔！」之杏忽然出現，一手親暱地搭上孟尙閎的肩，而她身後跟著面無表情的康以玄。

「妳很無聊。」康以玄說完就朝合作社走去。

「之杏，妳又和他在一起了。」孟尙閎看著矮他一個頭的之杏。

「可不是我找他，是他自己來黏著我不放的。」之杏放下手，衝著我微笑說：「柴小熙，妳很常和尙閎走在一塊兒呢。」

「湊巧而已。」我對她明顯的挑釁態度感到不太舒服。

「我們是同班同學，妳又發什麼神經啦？」孟尙閎雙目緊盯著康以玄的背影。

「沒什麼。」之杏兩手一攤，也轉身往合作社走去。

「還說不是男女朋友啊？」我翻了個白眼，之杏的敵意也不比周羽菲低調。

忽然想到周羽菲此刻也正巧在合作社，還眞想看看她們兩個相遇以後，會不會上演一齣好戲。

「不是男女朋友。」孟尙閎搖頭，看起來不像說謊。

「但之杏喜歡你，這點絕對沒錯。」

「我也喜歡她啊，但是跟男女朋友那種喜歡差遠了，之杏絕對也不是……」

「她絕對喜歡你。」女人是不可能認錯另一個女人的敵意。

「隨妳怎麼說嘍。」孟尙閎看起來心情很好。

「我不會看錯的，她對你的情感絕對是男女之間的愛情。」我再次強調。

孟尙閎一臉古怪。

我猜想，也許他和之杏是青梅竹馬，兩人相處時間太長了，所以他一時無法分出友情和愛情的不同。

說到青梅竹馬，程子荻和沈品睿也是青梅竹馬，這會不會表示他們兩家住得很近？

「喂，程子荻住在沈品睿家附近嗎？」

「有嗎？我不知道，爲什麼這樣問？」

「他們兩個不是青梅竹馬嗎？」

孟尙閎很驚訝，「眞的假的？我沒聽說過。」

「我該不會說了什麼不該說的話吧？」

「誰知道啊。」孟尙閎難得露出惡作劇的神情，就像我轉學第一天看到的那樣。

回到教室後，我把這整件事情告訴程子荻，她一臉驚恐，不知道是因爲怕我和程子又不小心碰面，還是因爲我把她和沈品睿是青梅竹馬這件事情透露給孟尙閎知道。

她看似正要對我破口大罵，但班導張雲嬌剛好踏進教室，讓她只能氣在心中，咬牙切齒地壓低音量對我說：「妳這個白痴！」

放學時刻，之杏特地繞過來我們班教室，她並沒有找孟尙閎，只是站在窗邊盯著我看。

「我只是湊巧和他一起去合作社。」我一邊整理書包一邊說。

「我聽過妳的傳聞，知道妳不會在乎對方有沒有女朋友。」之杏抓了抓自己的耳朵。

我輕輕嘆氣，抬頭望向之杏，「孟尙閎說妳不是他女朋友，所以就算妳再喜歡他也沒有用。」

她瞇起眼睛，緊咬下唇，面上浮現憂傷。

我一愣，明明是她先對我挑釁，怎麼會如此脆弱？

「還不走……喂，之杏？」康以玄走到之杏身旁，之杏卻忽然撞開他跑走，我似乎瞥見她臉上有淚水滑落。

「妳對她說了什麼嗎？」康以玄臉色一沉，一副興師問罪的樣子。

「我只是對她說了一些實話而已。」我強裝鎮定。

「唉。」他嘆了口氣，沒再多問，轉身追在之杏身後。

「妳是白痴嗎？」程子荻又一次罵我。

「又怎麼樣了？」我沒好氣，老是罵我白痴是怎樣。

「妳在跟之杏爭風吃醋什麼？還是妳現在的目標是孟尚閎了？」她站起來，把一張紙放到我桌上。

「這啥？」

「沈品睿他家和我家距離兩條巷子，如果妳從捷運站另一個出口出來，就不太容易遇見我哥。」

我定睛一看，原來那張紙上畫的是簡易地圖。

「妳還滿會畫畫的啊。」我脫口而出，程子荻一聽卻紅了臉。

「別、別以爲稱讚我就會有好處！」她哼了聲，背起書包就往外走。

我忽然想起來，他們這對兄妹的相似之處，程子又也很會畫畫，他曾經爲我畫過一幅素描，我把那幅素描收到哪兒去了？我一點印象都沒有。

對於那些曾經交往過的「男朋友們」，我的記憶總是一片模糊，不管是他們的名字、長相，還是一同經歷過的事，全都想不起來。

但唯有程子又，我時常想起他。

「嘿，要走了嗎？」孟尙閎站到我座位旁邊。

他這句話讓還留在教室的其他同學震驚不已，周羽菲甚至直接站起來，滿臉妒意地看著我。

「嗯，走吧。」我背上書包。

承受女人嫉妒的眼光，是我感到樂此不疲的惡趣味之一。

一進捷運站搭上車，我便拿起口罩戴上，孟尙閎問我爲何沒感冒還要戴口罩。

「空氣很髒。」我隨口應道。

「我還以爲妳是不想被人認出來。」

我翻了個白眼，既然知道就別問啊。

「話說回來，妳眞的對那本愛情小說的去向沒有頭緒？」

「它就人間蒸發了。」

「嗯，有時候覺得妳很敏銳，有時候又覺得妳挺遲鈍的呀。」孟尙閎偷笑，「品睿也是故意不告訴妳的吧。」

「你的意思是他拿走的？」我瞪大眼睛。

「當然不是。」孟尙閎的眼神越過我，看著後方，「夕旖？」

夕旖？這名字好熟悉……

我想起來了！是孟尙閎寫在書包內裡的其中一個名字。

「尚閎，怎麼就你一個人，之杏呢？」

身後傳來女孩的聲音，我轉過頭，只見一個頭髮長度剛好在耳下的女孩，長相甜美，頭上繫著可愛的髮帶，頰上的腮紅讓她本就白皙的皮膚看來更顯粉嫩，整個人就像是從少女服裝雜誌走出來的模特兒一樣。

「她今天有事。」孟尚閎簡短回應，「這是我同班同學，我們要去看沈品睿。」

女孩對我輕輕點頭，視線便轉回孟尚閎身上，「沈品睿那個臭小子怎麼了嗎？」

「感冒了，應該吧。」孟尚閎聳聳肩。

「好吧，幫我慰問他一下。」名爲夕旖的女孩揮了揮手，「我要在這邊下車，拜啦。」

她身上傳來一陣水果香味，女孩子氣十足，和之杏是完全不同的類型，不過一樣都是美人胚子。

「你還眞是不可思議……」我上下打量了一下孟尚閎。

「什麼?妳又誤會什麼了嗎？」孟尚閎有些啼笑皆非。

「你和前女友居然也能維持良好關係，前女友甚至還認識你現在的曖昧對象，剛剛那個叫夕旖的女孩，看起來應該是大學生吧？」

「哈哈哈，柴小熙，妳眞的很有事呢。」

「幹麼?」我不悅地睨他。

「妳說妳不看愛情小說，所以也不看少女漫畫吧？」我點頭，而孟尚閎笑得更是歡暢，「但妳的腦中卻能編織出很多少女漫畫情節。」

我瞪他一眼，「我才沒那麼白痴。」

「哈哈哈。」孟尙閎又大笑出聲，「到了，品睿家就在這一站。」

我立刻加強戒備，現在可不是悠閒聊天的時候。

所幸一路上穿聖中制服的學生寥寥可數，只遇到一個走路心不在焉的女學生，讓我安心不少。

我們先去便利商店買些果汁、點心，當作慰問病人的禮物。

沈品睿的家是間外觀豪華的獨棟房子，我輕輕皺眉，看向孟尙閎。

「他確實是有錢人家的少爺，很明顯吧。」孟尙閎明白我沒有問出口的疑問。

他不等我回答，走上前摁下電鈴，來開門的是掛著兩輪黑眼圈的沈品睿，除此之外，他的精神似乎還不錯。

「沒想到你們會來看我，應該說沒想到小熙也會過來。」

沈品睿領著我和孟尙閎走進客廳，似乎只有他一個人在家，客廳地上放著PS4的遊戲主機，還有散落一地的遊戲片，沙發上披著一條沒有摺的毛毯，還有一粒鬆鬆軟軟的枕頭，桌上擺著一堆垃圾食物，室內的燈卻沒有開。

「你請假在家幹麼？」我把裝著果汁和點心的塑膠提袋放在地上，望著眼前這一片凌亂，覺得很想發脾氣。

「你父母又不在家嗎？」孟尙閎的目光掃視了客廳一圈，轉身走去把燈打開，並將窗簾拉開。

「嗯，不在，他們聽到我姊的消息，所以跑出去了。」沈品睿走到電視前面，繼續玩電動。

我的怒氣瞬間消失無蹤，嘆了口氣，想動手收拾桌面。

「不要收，我要讓他們回來看見我吃了些什麼。」沈品睿沒有回頭，只是淡淡地說。

孟尚閎對我搖了搖頭，把沙發上的毛毯往旁邊一推，逕自坐下。

我只能坐到沙發另一頭，看著沈品睿正在玩打鬥遊戲，機關槍胡亂掃射。

「找到你姊了？」良久，孟尚閎先開口。

「不知道，應該沒有吧。」沈品睿的聲音聽起來冷漠而不在乎。

我輕輕皺眉，「你姊姊去哪兒了？」

「和她男友私奔。」沈品睿說得很輕描淡寫。

「這……」我看向孟尚閎，我又問錯話了嗎？

孟尚閎歪著頭，右手掌心朝上一揮，似乎要我繼續往下追問。

「這不是什麼尷尬的事情，所以妳不用在意。」沈品睿關掉遊戲，將螢幕切回電視頻道，一屁股坐上另一座單人沙發。

「她離開多久了？」

「大概兩年多快三年吧，如妳所見，我家很有錢，但其實也不到富可敵國那種程度，我的父母堅信門當戶對那套，所以看不起窮小子，我姊只好放棄奢華生活，跟對方雙宿雙飛。」沈品睿又露出那張痞子笑容，「這不是眞愛，什麼才是眞愛呢？」

我沒有接話。

「反正我父母只要聽到『疑似』我姊的消息，就會立刻跑去確認，把我丟在家裡不管，我習慣了啦。」他坐進沙發深處。

「這就是你相信眞愛的原因嗎？」我問。

「是啊，能放棄家人、放棄舒適的生活，也要和對方在一起，這不是眞愛是什麼？只是要有多大的愛才能做到這種地步，我很好奇。」

孟尙閎對我聳聳肩，似乎要我別發表評論，然後他拿出書包裡那本藍色封面的愛情小說，放到桌上，對沈品睿說：「這是柴小熙要還給你的。」

「哦？那妳看了嗎？」沈品睿拿起小說隨意翻了幾頁，「眞的是新買的啊，沒有我畫的記號。」

「看完了。」我答。

他闔上書本，定定地看著我，彷彿殷殷期盼著我說出感想。

「就……還不錯。」我不太自在地說道。

「就這樣？妳的感想也太簡短了吧。」沈品睿好生失望。

「妳就是那種會在讀後心得裡只寫下『很好看』的類型吧。」孟尙閎握拳掩著嘴角竊笑。

「那些感想在我心中澎湃就好，化爲文字太俗氣了。」

「這理由聽起來好像很文青，但事實上就是文筆不好，是吧？」孟尙閎對沈品睿說，沈品睿甚有同感地點頭，兩個人同時放聲大笑。

「不要管那些了，你爲什麼請假？」我打斷兩人的笑聲。

「妳扯開話題。」沈品睿低笑，直到接收到我銳利的眼神，他才收起笑容，聳肩答道：「也沒爲什麼啊，他們去找我姊，我也在等消息，所以坐立難安，沒有辦法上課。」

他兩手一攤，坦然的態度讓我懷疑他方才所言的眞實性，然而孟尙閎卻挑起了眉毛，嘴角略略一沉，顯然對沈品睿的話深信不疑。

我一向認爲，男人不會輕易展露出脆弱的一面，除非他們沸騰的情緒已無處可逃，但又無法坦率地將脆弱表現出來，所以只好選擇以開玩笑的方式表達。

所以說，如果現在沈品睿是在展現他的脆弱，那我更不該在沒搞清楚狀況前隨意接話，否則往後，他也許再也不會想說出眞心話。

沈品睿眼下的黑眼圈，就足以證明他的話不假了吧……

「那你還有其他推薦的書嗎？」於是我轉移話題。

「有啊，妳要去書房看看嗎？」沈品睿抬手指向書房。

「我自己進去？」

「我不介意，反正房裡只有書，妳喜歡什麼就直接拿吧。」他擺明了不想動，於是我起身，順便把塑膠袋裡的飲料、點心放到桌上，再朝書房走去。

他家的書房和我家客廳一樣大，四面牆上都是書架，架上的書琳瑯滿目各種類型都有，童話故事到愛因斯坦的科學論述一應俱全。

我隨意抽出一本童話故事，是大家耳熟能詳的《人魚公主》。

人魚公主爲了愛情最後變成海上的泡沫，爲何如此悲傷的故事，會成爲膾炙人口的經典童話呢？

更可怕的是，小時候看這個故事，我一點都沒有感覺到悲傷，長大以後才覺得人魚公主可憐，然而我卻認同作者安排這樣的結局。

本來就是這樣，單方面付出的愛情，終會化爲泡影。

我將《人魚公主》放回書架上，卻瞥見封底有個用黑色奇異筆寫下的名字——沈品云。

這是沈品睿他姊姊的書吧。

我隨意再從架上抽出幾本童話故事，封底卻都沒有出現沈品云的名字……這表示什麼呢？

難道沈品睿的姊姊從小就幻想能跟人魚公主一樣，爲了追求愛情而不顧一切付出，甚至離開家裡也在所不惜嗎？

可笑至極。

最後，我拿起一套反烏托邦的科幻小說，走出書房，卻聽見兩個男生正壓低聲音說話。

我下意識停下腳步，豎耳聆聽。

「還遇到夕旖啊。」沈品睿的笑聲低低的。

「我不打算說實話。」孟尙閎說。

「當然別說實話啊，騙她有多好玩。」

「說不定下次還會遇到千裔。」孟尙閎又說。

「這樣也太巧了吧！」沈品睿停頓了一下又說：「話說，小熙這個女生我還挺有興趣的。」

「你不是說不喜歡她？」孟尙閎疑惑地問。

「當然不是那種興趣，你不會想知道當她臉上那副冰山表情融化之後，只對你一個人哭或笑的模樣嗎？」

「你是變態嗎？」孟尙閎雖然這麼說，卻也跟著笑了。

我抓緊了手上的三本書，指節因用力而泛白，渾身微微發顫。

果然，男人都不是好東西！

第五章

「這三本借我吧。」我挑好時機出聲，走進客廳。

沈品睿和孟尙閎停止交談，兩人一臉若無其事地看著我。

「嗯，拿去吧。」沈品睿從桌上拿起一包我們買來的零食，撕開包裝，「看完記得和我分享心得。」

「書房裡的書你都沒看過？」

「大部分都沒看過。」沈品睿笑。

「對了，程子荻是你青梅竹馬這件事，你怎麼從來沒跟我說過？」孟尙閎忽然提起這話題。

沈品睿一愣，「你怎麼知道？」

「程子荻告訴她，然後她告訴我。這是不能說的祕密嗎？」孟尙閎朝我一指。

沈品睿抓抓後腦杓，「不是什麼祕密啦，只是我和她都沒有特意提起。」

「不過你和她家又不住隔壁，怎麼會是青梅竹馬？還是湊巧你們幼稚園、小學、國中都同班？」我問。

「小時候確實住在附近，後來我們家搬到這裡，然後剛好一直到升高中，都和她同校同班。」沈品睿看起來有些彆扭，「爲什麼她會告訴妳這件事？」

「之前班上的女生跟我吃無聊的飛醋時，程子荻說出來的。而且那天你不是在廁所外面，沒聽見程子荻說了些什麼嗎？」

「我眞的沒聽到，那個笨蛋……」沈品睿好像不太希望這件事被提起。

「你到底爲什麼不想說？」

「就不想說，沒什麼理由。」沈品睿難得這麼排斥談論一個話題。

「原來這件事比你父母和姊姊的事情還更讓你說不出口啊？可見程子荻對你很重要。」我言語尖銳，不怕激怒他。

「關妳什麼事，妳在吃醋嗎？小熙？」沈品睿也站起來和我對嗆。

「說對我有興趣的是你，可不是我，少自抬身價！」

「妳聽到了？」孟尙閎也跟著站起來，神色忽然變得緊張，「我們不是那個……」

「不說實話的人就別裝好人了，反正我們本來就不是什麼好朋友，沒必要假裝相處得很好。」我走向沙發拿起自己的書包，「不過這幾本書還是要借我，書是無辜的。」

說完，我頭也不回地走出大門，我聽見身後傳來沈品睿的笑聲，接著是追過來的腳步聲。

「柴小熙！」

孟尙閎高聲叫喚著我的名字，我不想搭理他，加快腳步往前走。

「欸，別跑啦！」

「我是用走的，不是跑！」我撇了撇嘴，迅速彎過巷子，卻不小心撞上一個人。

我被撞得跌坐在地，還沒看清楚對方的長相，就忍不住氣得大罵：「好痛！不會看路啊！」

「……柴小熙？」

靠，有沒有這麼衰！

身著淡藍色襯衫的程子又見到是我，臉上寫滿驚訝，他趕緊把我扶起來，還幫我撿起掉在地上的書，我緊抓著書包要往後退。

「妳轉學到三淵……」程子又幽幽地看著我，神情受傷又難過，「爲什麼不跟我聯絡？」

「爲什麼要跟你聯絡？」我別過頭。

「我知道妳並不是那麼無情的人……」

「柴小熙，妳跑那麼快幹麼？」孟尙閎已經追了過來，在我身邊站定。

眞是一波未平一波又起，不過危機即是轉機，我立刻勾著孟尙閎的手，他朝我一個挑眉，正要開口說些什麼。

「你跟我道歉，我就不生氣。」我用力抓緊孟尙閎的手。

「我不認爲需要道……」他話一停，看了看程子又，又瞇起眼睛看著我，嘴角彎起一道淺淺的弧度。

聰明的孟尙閎就算不明白現在是什麼情況，也知道該配合我說話，於是我也對他點頭微笑。

「柴小熙，他是妳的男朋友嗎？」程子又眼底閃過一絲失望。

「對。」我用力點頭，手還捏了孟尚閎的腰一把，讓他別多嘴。

孟尚閎輕輕皺眉，笑容卻絲毫未減。

「妳還是跟以前一樣嗎？交了很多男朋友，卻沒一個眞心相待？」程子又問得很直接。

「我……」我一時語塞。

「她已經不做那種事情了，她和我是眞心交往的。」孟尚閎的大手忽然攬過我的肩膀，讓我整個人往他懷裡靠去。

「是嗎……」程子又垂下了頭。

完蛋了，他不會要哭吧？

我可不想看見男生在我面前哭，頓時想逃開，程子又卻抬起臉，笑容可掬地對我說：「太好了，妳找到眞心喜歡的人，眞是太好了。」

「咦？」我一愣。

孟尚閎挑了挑眉，鬆開了我的肩膀。

「這樣就好。」程子又將手上的三本書交給我，「在聖中幫不上妳什麼，我一直很歉疚，知道妳在三淵過得很好就好。」

狀況的演變令我措手不及，程子又由衷感到喜悅的模樣不像是假的，他是眞心這麼想的。

在我那樣對待他之後，他還是如此爲我著想嗎？

頓時，那些與他交往過的曾經浮現在我腦中，他一直都是這麼溫柔，對我委曲求全的。

「她過得還不錯，你放心吧。」孟尙閎嘴角噙著笑意，「順便問一下，你叫什麼名字？」

「我叫程子又，請你放心，我絕不會糾纏柴小熙。」程子又誠摯地說，隨即往後退了一步。

「我不擔心那樣的事情。」見狀，孟尙閎了然於胸，「你們要敘舊嗎？」

「不了，不打擾你們，我先走了。」程子又微微扯動唇角，深深看了我一眼，「柴小熙，再見了。」

他說完，眞的就轉身離開，反而是我呆在原地，跟不上事情的發展。

「妳的前男友啊？」等程子又在我們的視線裡完全消失後，孟尙閎才開口。

「對。」

「是程子荻的哥哥吧？看樣子他很喜歡妳耶，這就是程子荻找妳麻煩的原因嗎？」

我瞄了孟尙閎一眼，然後甩開他依然輕搭在我肩上的手，「謝謝你剛才的配合，不過我沒必要跟你說太多。」

「妳有發現，剛才是妳第一次找我幫忙嗎？」孟尙閎看著自己的手掌，微微一笑，「也是妳第一次跟我說謝謝。」

「這有怎樣嗎？」

「沒有怎樣啊，只是感覺不錯。」孟尙閎聳聳肩。

「我不想和說謊的人講話。」我轉身要走，孟尙閎擋住我的去路。

「我可沒對妳說謊，這要講清楚。」

「我明明聽見了，沈品睿還說騙我很好玩！」

「我們的確隱瞞了妳一些事情，但基本上沒有說謊，沒有說出口並不算說謊，只是隱瞞而已。」

「強詞奪理！」我推開他往捷運站的方向走。

孟尙閎跟在我身邊，「反正我問心無愧。」

「沒見過你這麼厚臉皮的人！」我不屑地嗤了聲。

「哈哈哈。」孟尙閎的心情似乎很好，長腿一伸，輕鬆跨過地上的水溝蓋，「我剛才的話還沒講完，關於那本愛情小說的去處。」

「那才不是什麼剛才，已經是在捷運上的事了，在遇到你前女友夕旖的時候！」

「哈哈哈，她不是我前女友。」

「我有聽到你跟沈品睿在客廳裡說的話，我知道你在說謊。」

「我沒有說謊，我只是隱瞞了一些事實，我跟妳說第二遍了！」雖然是爲自己辯解，但孟尙閎看起來卻很開心。

我翻了翻白眼，走進捷運站裡，刷了悠遊卡通過入口閘門，孟尙閎也跟在我身後進來。

「那本愛情小說裡有品睿的筆跡對吧？」

「嗯？」那又怎樣？

「嫉妒會讓人做出不理智的事情，有可能傷害自己，也有可能傷害別人。很多時候，雖然是出自於愛的心情，卻會讓人做錯事情。」

「什麼？」

捷運列車駛過月台，驟起的風吹亂了孟尚閎的頭髮，他瞇起眼睛對我笑：「應該是喜歡品睿的人拿走那本書的吧。」

「張家宣？」

「不一定是她，但女人的第六感通常都沒錯。」孟尚閎抬手整理被風吹亂的頭髮，列車的門打開，我走了進去，他卻仍站在月台上。

「你幹麼？」我狐疑地望著他。

「我家其實也在附近。」

「那你幹麼跟著我進捷運站？」

「送妳不需要其他理由吧？」他聳肩，「明天見了。」

列車門關上後，他在車窗外衝著我笑，露出一排整齊漂亮的白牙。

「在爽什麼……」我喃喃自語。

回到家中，那女人已經把晚餐的飯菜都準備好了，我說了句「我回來了」，也不等她回應，便先走到房裡放下書包，卻發現有個陌生的袋子擱在櫃子旁邊。

打開袋子一看，裡面全是我以前放在聖中抽屜的東西，我明明已經都丟到垃圾桶裡面了，怎麼會出現在這裡？難道是那女人又幫我撿起來？

我把袋子裡的東西全倒在地上，有我隨意寫的便條紙、幾本空白筆記本跟資料夾，根本不需要特地拿回來。

正想把這些東西再收回袋子裡，卻瞥見有張紙被斜斜夾在兩本筆記本中間，好奇地抽出來一看，那是張素描，是程子又畫的。

畫裡的我坐在教室裡的座位上看書，明明是黑白素描，卻能感覺到畫面中充滿陽光的暖意。

和程子又在一起的時候，他多半不發一語，靜靜地待在我身邊做自己的事情，然而這樣的相處模式卻能讓我感到心情平靜。

當初他送我這張素描時，我什麼感覺都沒有，甚至覺得麻煩，隨意看了眼就將它塞進抽屜，連紙張的邊緣都皺掉了。

我曾經如此不珍惜別人的感情。

但我立刻對自己搖了搖頭，交往之初，我就對程子又直言不諱地說，我並沒有喜歡上他，也會和其他男生來往，他卻還願意接受，所以是他的問題。

那份孤寂是他自己該承受的。

「柴小熙，吃飯！」那女人在門外喊。

我把那張素描放到桌上，走出房間。

原本想問那女人爲什麼要撿起來，但想想算了，有什麼理由重要嗎？那女人的所作所爲都只是想惹我生氣。

幾種猜測在心中轉了轉，最後我還是什麼都沒有問出口。

關於沈品睿那本愛情小說的下落，我有把孟尙閎的推測記在心中。

隔天一大早，便提前到學校，如我所想，我是第一個到教室的。再次確認四下無人後，我走到張家宣的座位，開始翻找她的抽屜，想當然耳，並沒有搜到那本愛情小說。其實就算是她拿走的，也一定已經帶回家了，但我還是想確認一下。

班上同學陸續到校，我捧著沈品睿借我的書坐在位子上看，直到程子荻氣沖沖地衝進教室，伸手用力在我桌上一拍。

「妳跟我哥見面了!?」她的口氣像是在興師問罪。

「嗯，不小心遇見。」

「爲什麼不立刻告訴我？讓我有個心理準備！」

「我沒妳的電話，要怎麼告訴妳？況且妳需要什麼心理準備？」我沒抬頭，翻了一頁書。

「那我給妳我的電話！妳手機拿出來！」程子荻咄咄逼人。

我有些訝異，但想了想，手機上多了她的號碼也沒什麼，便找出手機遞過去，只是看她在我的手機輸入電話號碼的樣子還眞奇怪。

「好了！」她把手機丟回給我。

看著她的名字出現在LINE的好友名單，感覺更怪。

「以後要是再有像這樣緊急的情況，妳要馬上跟我說！」她的臉朝我貼近，鄭重地吩咐。

「我知道了。」從沒有女生離我這麼近過，我趕緊推開她，「所以昨天怎樣？程子又知道我和妳同班了嗎？」

「沒有，是我聽到他在跟別人講電話，提到他遇見妳了，妳現在轉到三淵，他還問我有沒有看過妳，我說沒有。」程子荻雙手叉腰，「我嚇得趕緊回房間，把妳給我的水手服藏好！」

「被妳哥知道我們同班也不會怎樣吧，反正我跟他的事情已經解決了。」

「不，我哥很可怕的，他一定會怪我為什麼不告訴他。」程子荻放下書包，坐在椅子上，面對著我蹺起腳來。

「會嗎？他很溫柔啊，像沒脾氣一樣。」就連昨天在路上見到我「交了新男友」，都還能露出微笑，為我開心。

「那只有對妳！Only You！」她用力搖了搖頭，忽然皺眉，「他還說了很奇怪的話，他說妳交了男朋友，而且這次是眞心和對方交往的。妳的新男友是誰啊？」

我正想翻頁，程子荻這麼一說，我的手頓時停住，不由得想起昨天孟尚閎的笑容。

「難道妳昨天去探望沈品睿時，發生了什麼事情？」

雖然程子荻刻意壓低聲音，但剛走進教室的張家宣還是立刻看了過來，應該只是湊巧，她應該沒聽到我們的對話吧？

「沈品睿昨天跟我說了很有趣的話，不如我們來交換情報？」我對程子荻微笑。

「誰要跟妳交換情報！」程子荻哼了聲。

「不要拉倒，我是沒差。」我聳聳肩。

程子荻這傢伙按捺不住好奇，終是嘆了口好大的氣，「好啦好啦！」

我滿意地勾起嘴角，對她眨了眨眼，「第一堂下課再找個地方聊聊吧。」

結果一整堂課，我都在想等一下和程子荻交換情報的事，完全無心聽講，我有多久沒有這樣期待下課了？

爲了掩飾嘴角的笑意，我把課本豎立在桌上，讓臉埋在課本後方。

下課鐘響後，程子荻帶我到連接兩棟教學大樓之間的空橋。

我左右張望，「這邊人來人往，適合在這裡聊嗎？」

「放心啦，走這條空橋的人其實不多，況且我們站在空橋正中央，左右都沒地方可以躲，就算有人經過，也能馬上看見，到時立刻閉嘴不就好了。」程子荻彈了一記手指，「這是個在開放空間裡的祕密場所。」

「奇怪的形容。」我先是皺眉，然後忍不住笑了。

「好啦，別說廢話了，快點，妳那個新男朋友是誰？」程子荻背靠空橋，雙手搭在欄杆上，瞇起眼看我。

「是孟尙閎。」

「孟尙閎!?爲什麼！」程子荻驚訝地喊。

我把昨天去沈品睿家的事先大致說了一遍，並試探性地提到沈品睿的姊姊。

程子荻頓了頓才說：「妳會用這種方式提起品云姊，表示妳已經知道了。嗯……我也知道品云姊和男友私奔的事，所以妳不用顧忌，就說吧。」

於是我把所有經過向她全盤托出，包含在書房裡只在《人魚公主》那本書上看見沈品云的名字、沈品睿提到程子荻時的反應，還有孟尙閎說的謊話，以及離開沈品睿家後，無意間在路上巧遇程子又的事。

程子荻皺著眉頭聽完，才說：「我還以爲我哥誤認沈品睿是妳男友。」

「妳的重點只有這個嗎？」我哼了一聲，隨即意會到什麼，「難道妳喜歡沈品睿？」

她立刻瞪圓了眼睛。

「還是你們根本就交往過，所以沈品睿才會一提到妳態度就變了？」我隨即又想到另一種可能。

「柴小熙，妳也滿會聯想的，要不要考慮寫小說？」程子荻朝我投來鄙視的目光，完全推翻了我的猜想，「不過我記得，妳作文好像不是很好。」

「注意妳的態度好嗎？」

「哈！妳的態度又有多好？」程子荻不在意地聳肩，「我和沈品睿只是青梅竹馬，小時候我和他常會玩在一起，但他和我哥哥、我和他姊姊都不熟。自從升上國中，迎來那叫什麼青春尷尬期之類的階段，他正巧又搬家，所以我和他就日漸生疏了，雖然都念同一所學校，甚至還同班，可是就變得不會特別和對方說話了。」

「光是這樣，沈品睿的態度怎麼會那麼怪？」我才不信。

「雖然我才十七歲，可是我已經體會到人生也許就是這樣。妳以爲永遠不會改變的人、永遠不會改變的關係，可能只是和對方在某件事發生了分歧，沒有講開，或者只是環境改變了，妳和對方就再也回不去從前。」程子荻兩手一攤，「我和沈品睿大概就是這樣，我們現在還是同班同學，也還是會和對方講話，但是再也回不去青梅竹馬那種熟悉的關係，當然也不可能成爲戀人。」

「天下無不散的筵席。」我喃喃地說。

程子荻猛地拍手，「對，大概就是那樣。」

「但是爲什麼會回不去？同班同學也能成爲很好的朋友，更別說你們曾經是青梅竹馬。」我看得出來，程子荻其實很想念從前那段時光。

「沈品睿自尊心很強，男生無謂的自尊心是最麻煩的。雖然我們因為青春期的尷尬而變得比較少聯絡，但我們的父母依舊時常往來。」她的神情有些無奈，「不是有那種很喜歡談論自家小孩的父母嗎？即使我和沈品睿減少往來，卻知道他家的大小事，像是他偷帶女友回家，或是考試作弊，甚至品云姊私奔等。明明他什麼都沒告訴我，我卻都知道，這種感覺很差，而他不能接受這樣。」

「但是他怎麼會知道妳知道？」

程子荻苦笑：「他父母回去會說『程阿姨家的哥哥和妹妹都好優秀，不用父母操心。』之類的，我記得國三那年，沈品睿突然跑來對我大吼，要我不要再窺視他家，讓他感覺很噁心。」

我想像得出沈品睿那時的模樣。

「所以你們之間不算交惡，只是變成比同學親密又稱不上是朋友的關係。」

「大概就是這樣吧。」程子荻聳聳肩。

「他跟我打賭，說他相信眞愛，並會向我證明世界上有眞愛的存在，而我則要向他證明世界上沒有眞愛。」

我連這愚蠢的賭局都告訴了程子荻，聞言她只是淺笑，輕輕搖頭，低頭看著樓下中庭。

「我覺得恰好相反，妳相信眞愛的存在，而沈品睿不相信。」

心臟彷彿被人掐著，我頓時說不出話來，握緊了欄杆，也往中庭望去，「才不是，妳錯了。」

「可能吧，我很常猜錯，連是非題二選一都常會猜錯。」程子荻淡淡地說，「哦，對了，之杏眞的不是孟尙閎的女友。」

「幹麼忽然說這個？」

「我只是覺得很奇怪，孟尙閎居然想要隱瞞妳這種事。」她勾起嘴角，看起來不懷好意，「雖然才和他同班一年多，但我能保證，昨天巧遇我哥時，他如果想替妳解圍，絕對可以有比假裝妳男朋友更好的主意。」

「妳想說什麼？」我瞇起眼睛。

程子荻輕挑雙眉，「哦，幫妳一起整理垃圾的人，就孟尙閎吧。」

「欸，妳在打什麼壞主意？」

「我可不希望我哥不只爲妳傷心，還又被妳騙，如果孟尙閎眞的可以成爲妳第一個『眞心』交往的對象，那何樂而不爲？」她那雙大眼睛一閃一閃，故作天眞，「況且有孟尙閎這樣的男生在妳身邊，那些無聊來找妳交往的白痴就會少很多。」

「不要鬧了，他……」

我想起那個長相宛如雜誌模特兒的女孩，內心忽然有點怪怪的。

「喂，程子荻，妳知道『夕旖』嗎？」

她一臉茫然。我想也是。

「之杏如果不是孟尙閎的女朋友，那她是他的誰？」我又問。

「妳說孟尙閎對沈品睿說過，他不想對妳說實話對吧，那我也就說到這裡，如果妳好奇，就自己去問他，或是問其他人。」

「之杏自己說過她是他的女朋友。」

「之杏好像對任何人都這樣說。」程子荻搖頭，「會相信的只有妳這個轉學生了。」

「好吧。」我懶得再追問。

我俯瞰中庭，孟尙閎正巧和沈品睿並肩從樓下走過，他忽然抬頭，不過卻是對站在另一棟教學大樓的之杏揮手。

之杏笑得燦爛，那眼神中所蘊含的情感，清晰無比。

「難道你們都看不出來，之杏喜歡孟尙閎嗎？」

而站在之杏身後，那面無表情，只是以目光透露出一絲憐憫的康以玄，則喜歡之杏。

「我也誤會過，但是……」程子荻不置可否，沒有把話說完。

我們兩個站在空橋上久久不動，被太陽晒得全身溫暖，甚至有些發燙。

程子荻眞的安排孟尙閎來與我一起整理垃圾。

「我覺得程子荻應該把妳調去外掃區，讓我一個人來整理垃圾就好，這樣人力才合理分配。」孟尙閎一邊說，一邊彎下腰將垃圾袋綁緊。

我停了一瞬。

是啊，程子荻爲什麼堅持要我負責整理垃圾，她應該把我調走才對。

想到這裡，我不由得抬頭瞪了眼正在講臺上專心檢查板溝的程子荻，她絲毫沒有留意到我憤憤不平的目光。

「不過妳那個『前男友』不是負責開關垃圾場門的人嗎？妳見到他不會尷尬？」

「如果因爲這種事情就尷尬，那我在聖中的時候怎麼活得下來？」我翻了個大大的白眼，覺得他少見多怪，「好了，走吧。」

我們各自提著兩個大垃圾袋往垃圾場走，孟尚閦跟在我後面不斷偷笑，我終於忍不住問他到底在笑什麼。

「沒有女生會想要整理垃圾的，就算這份工作落到自己身上，也會擺爛。」

「我不是那種女生，之前我不也說過，男生做得到的，女生也做得到。」

「所以妳很有趣啊。」孟尚閦又笑了。

我決定不理會他，繼續往樓梯下走。

手上捧著一大疊作業簿的戴昀茜突然從樓梯轉角處冒了出來，我差點就和她迎面撞上。

「柴小熙？還是妳在整理垃圾啊？」戴昀茜瞄了我手中的垃圾袋一眼。

「一直都是我在整理。」

身爲班長的戴昀茜好像比一般人更富正義感，她似乎覺得這麼對我並不公平。

她輕輕皺起了眉頭，對站在我身後的孟尙閎說：「你不是負責外掃區嗎？啊……你上次也是因爲幫柴小熙倒垃圾，所以才會晚進教室，對吧？」

「那次是不得已的，但現在我也是負責整理垃圾的成員之一了。」孟尙閎舉起手上的垃圾袋，彷彿對此很引以爲榮。

戴昀茜漂亮的臉蛋浮現出疑惑之色，「這樣外掃區不就少一個人了？應該把柴小熙調到外掃區吧。」

「妳跟孟尙閎剛才講的話一樣。」我也頗有同感。

「是嗎？」戴昀茜挑眉，淺淺微笑，「我等等跟程子荻說，你們快去快回，等一下還要檢討作業。」

「這樣就更不想回去了，柴小熙，我們乾脆蹺課好了。」孟尙閎這時嘻皮笑臉的模樣和沈品睿眞有幾分相似。

「不可以。」戴昀茜用眼神威嚇他，越過我們往樓上走。

「沈品睿說你以前很常蹺課喔？」我們繼續往垃圾場走。

「高一的時候啦，妳懂的，當時我處於人生低潮期。」

「不懂。」我用鼻子哼了一聲。

「反正啊，蹺課總有上百種理由，屁孩沒藥醫。」

我斜眼看他，「你所謂的『屁孩』不就是去年的你嗎？」

「哈哈哈，心靈的成長是很快的，一夜長大有沒有聽過？」

來。

「沒有。」

「嗯，當時我父母被請來學校。」

「就因爲蹺課？」我哈了聲。

「不只這樣。」孟尚閎的表情忽然變得很奇怪，像是在壓抑什麼情緒，我說不上來。

「怎麼了？」我停下腳步看他。

「如果說這個世界上誰對我失望，會最讓我感到難過跟歉疚，那就是我的父母，如果他們對我失望，那我的世界就崩塌了。」

他望向我的雙眼異常認眞，我本來想要說幾句玩笑話，卻全都噎在喉頭，一個字也吐不出來。

「哈哈，所以我就不蹺課啦！」忽然，他恢復笑臉，三步併作兩步地往垃圾場走。

「你剛才是認眞的，還是開玩笑？」我站在原地對著他的背影問。

「很認眞啊。」他沒有轉過身。

「可是你的態度像是在開玩笑。」

他回過頭，臉上雖然帶著微笑，感覺起來卻很陌生，「我一直都很認眞，柴小熙，微笑並不表示我們在開玩笑。」

「你們？」

「那些臉上老是掛著笑容的人，不見得表示他個性輕浮、對什麼都不在乎。就像妳，看起來對感情放蕩，卻不是那樣的人。」

我用力抓緊垃圾袋，「你幹麼？被程子又附身嗎？」

「程子又……啊，他大概真的很喜歡妳，才能看見真實的妳。」

我被他捉摸不定的態度搞得有些不悅，順口隨著他的話說：「所以是怎樣，你也喜歡我？」

「喜歡妳嗎？」他扯開嘴角一笑，沒有回答問題。

「孟尚閎，你很怪，你跟沈品睿一樣都很怪。」

「妳還是第一個這樣說我的人呢！」他臉上露出欣喜的表情，彷彿終於覓得知音一樣。

「被別人說怪，你很開心？」我真的被他弄得很困惑。

「不是開心，只是妳是第一個這樣說的人。」

但他明明就笑得很開心，果然很奇怪不是嗎？

可是更奇怪的是，看他那樣笑著，我也受到感染，跟著笑了起來。

「柴小熙，我想我和品睿都喜歡妳。」

孟尚閎突如其來的發話讓我頓時笑容一僵，面對他如此率直說出的「告白」，我竟無法像對待其他人一樣，輕易回他一句「那要交往嗎？」，只能像一根木頭呆杵在原地，茫然地看著他。

「除了家人以外，我很少喜歡上一個女生。」

「你在講什麼？之杏不也是女生嗎？」

孟尚閎一愣，搖頭笑道：「她不一樣。」

「因爲你對她的感覺是愛情，所以不一樣。」

「柴小熙，妳很執著之杏呢。」他歪頭。

「我、我哪有。」不知怎麼地，我有些結巴。

「有呀，妳現在不就是因爲被說中了而心虛？」他的笑容帶著幾分玩味。

「沒這回事。」我撇過頭。

孟尚閎身邊明明已經有了之杏，卻還說喜歡我，這是什麼意思？

「那你說你喜歡我，又是怎麼樣的喜歡？」

他像是陷入思考，停了一會兒才答：「如果妳問的是，我們對妳的喜歡是愛情還是友情，我想我和品睿目前都還分辨不出來吧。但如果把對他人的感覺分爲厭惡、無感、好感，我們確實對妳有好感，不過也就只是這樣。」

「你的意思是，只是喜歡身爲一個人的我？」瞬間我感到有些虛脫。

「換個方式說好了，我不想和任何女生打交道，因爲女生很麻煩，但不論是要發展成朋友、戀人或其他關係，一定都要先從對那個人懷有好感開始。」

「意思是？」我還是不知道他想說什麼。

「我願意和妳深交，品睿也是。」

「你的喜歡是這樣的意思？那就不要用這麼招人誤會的方式說話！」

「我又沒說請妳跟我交往。」他露出壞壞的笑容，「難道妳誤會我和品睿都喜歡妳，想和妳交往嗎？」

「我才沒那麼厚臉皮！」我氣惱地說。

「不過妳的反應和表情都出賣妳了。」孟尙閎格格發笑。

不想理他，我往前邁步，孟尙閎追上我。

「嘿，別生氣，我沒有其他意思，可能在對人的情感上，我的表達方式比較不好。」

他都這麼說了，自己如果還生氣好像很不講道理，而且本來就是我胡思亂想，實在丟臉。

「那我該做什麼反應？」

「不要拒絕就好。」孟尙閎輕聲說，看著我的眼神很溫柔，「反正又不會讓妳困擾。」

「誰說不會？」我悶聲說。

「不管是不是愛情，被家人以外的人喜歡，都是值得高興的，不是嗎？」孟尙閎的笑容像是個天眞的小男孩。

微風吹過，隨風而來的可不是什麼花草木香，而是從垃圾場飄來的臭味，我忍不住鼻頭微微一皺。

氣氛完全被臭味攪亂，孟尙閎因此笑得更暢懷，若是笑容也有味道的話，孟尙閎的笑大概就是綠茶口味，清爽解膩。

「孟尚閎，你大概比沈品睿還要怪一些。」我走到他身邊，看了眼他手上的垃圾袋，「再不去丟垃圾又要來不及了。」

等我們到垃圾場的時候，果然只剩下零星兩三個工作人員，而我的「前男友」正站在那裡一臉厭惡地瞅著我。

見那些中傷我的謠言對我起不了作用，他後來變得很安靜，每次來倒垃圾時，他都只是一聲不吭地瞪著我，偶爾還會號召他的夥伴一起瞪我。

如果憑眼神就可以犯罪，他大概會被判無期徒刑。

孟尚閎忽然站到我前方，搶先步入垃圾場，把他手上的兩包垃圾放在地上以後，又走過來朝我伸手：「妳那兩包給我。」

「幹麼？我可以自己來。」我皺眉，這種多餘的溫柔我不需要。

「接受幫助又沒什麼不好。」他態度強硬地拿過我手上的垃圾，「況且我們是朋友。」

「哦，這麼快就交新男朋友了啊？」那位不知名的前男友發話了，一開口就是酸言酸語。

「連名字都沒有的路人快退場好嗎？」孟尚閎咧嘴微笑。

可能沒料到會被反擊，那個男的一時說不出話，嘖了聲，便低下頭用力翻找孟尚閎放在地上的那兩袋垃圾，想要找麻煩。

可惜的是，我們分類相當確實，連回收餐盒都在水龍頭底下用菜瓜布清洗過，讓他想雞蛋裡挑骨頭都挑不出來，他生氣地踢了垃圾一腳，結果袋裡的垃圾全都倒了出來。

「請你自己整理。」用禮貌的語氣說完這句話後，孟尙閎把原本我提的那兩袋垃圾放在另一邊，便拉著我的手腕走出垃圾場。

不得不承認，被孟尙閎這樣的男生拉著走，說有多風光就有多風光，以前我也許受人矚目，但得到的目光並非出於善意，然而現在，投往我身上的目光卻都隱含羨慕，這讓我心中升起前所未有的感覺。

不過……

「孟尙閎，你的手剛碰過垃圾，你知道嗎？」而且觸感還有些溼溼黏黏的，好噁心。

「我知道，妳嫌棄？」他誇張地張大嘴巴。

「也不是嫌棄。」

「那就沒關係啦！」於是他就這樣繼續牽著我的手往樓梯上走。

「欸，放開啦！」我想甩開他。

「妳不是說沒關係嗎？」

「是你剛碰過垃圾的事沒關係，牽手很有關係！」我皺著眉頭。

「技術上來說，這不是手，是手腕，所以我沒有牽妳的手。」孟尙閎還懂得抓語病啊！

我停下腳步，扯了扯手腕：「反正放開！我不想被人看見。」

「為什麼，妳不是不在意別人的閒言閒語嗎？」他微睜雙眼，一臉興味地看向我。

「是不在意……」

「那就沒關係啦！」

「……你像個無賴。」我咬了咬牙。

「第一次有人這樣說。」他笑得很開心，「我很好奇，之前妳交往過的男友裡，除了程子又以外，難道就沒有其他人對妳是眞心的？」

「眞不眞心我不知道，也不在乎。」他們的目的只是玩玩罷了，覺得和我交往很有趣。

「我想裡頭一定也有人是眞心喜歡妳的，只是妳那種態度，讓他們都不想認眞了吧。」

「別扯到我身上。」我冷笑一下，「明明不了解眞正的我，就能說喜歡我，我搞不懂。」

「要了解妳到什麼程度，他對妳的喜歡才能讓妳相信？或是說要做到什麼程度，妳才會覺得那是眞正的愛情？」他深深瞅著我，那雙眼睛如潭水般清澈。

「我不知道，就是不知道，才不能相信！」

孟尚閎一副恍然大悟地點點頭：「所以其實妳在等待愛情呀……」

他說的話實在太過可笑，導致我意外地兩頰發熱，對他大吼道：「你這個白痴！在說什麼東西！」

「聽起來就是這樣啊！不相信愛情不是眞的不信，而是太過相信，所以才會爲了沒有遇見妳想像中的愛情而生氣，然後負氣地說自己不相信。」

「不要把我講得那麼幼稚！」我伸手想打他，孟尙閎卻靈巧地閃開，笑嘻嘻地抓住我揚在空中的那隻手。

「打人才幼稚咧。」

好，現在他雙手各抓著我的一隻手腕，一陣強風吹來，這次風裡沒有再送來垃圾的臭味，孟尙閎含笑的眼睛盯著我的臉看。

很多人會盯著我的臉看，這卻是第一次，我與他人如此近距離地相互凝視。

我們四目交接的時間很短暫，卻有種恍如永恆的錯覺，我隨即垂下眼簾，不敢再看他。

「你們怎麼還在這裡？」

某個女生的聲音忽然響起，嚇得我下意識往後退了幾步，結果不小心撞到飲水機，發出一聲巨響。

「嗚！好痛！」我摀著後腦杓。

「妳在幹麼啦？」孟尙閎一邊笑一邊看著我。

「柴小熙，妳沒事吧？」戴昀茜走了過來，神情擔憂。

「沒事。」我搖頭。

「原來是班長，怎麼回事？妳怎麼出來了？」

「我看你們很久還沒回來，覺得有些擔心。」戴昀茜神情自若。

「不會吧，沈品睿平常回教室的時間更晚耶！」孟尙閎拍了一下額頭，「該不會是張雲嬌叫妳出來找我們的吧！」

「不是，老師還沒來。」戴昀茜微笑，忽然走到我身邊勾起我的手，「我們回教室吧。」

我瞠目看著她的手，然後又抬頭看向她的臉。

「妳們什麼時候這麼熟啦？」孟尙閎開玩笑地說。

我正想反駁，戴昀茜卻搶先一步道：「我之前就很想和小熙做朋友，只是一直找不到機會。」

現在是什麼狀況？

「哦～」孟尙閎摸著下巴點頭，拍了兩下手，「好啦，回教室吧！」

「等一下，你不先洗手？」我叫住他。

「對喔，都忘了。」他走到飲水機旁邊，居然直接用飲水機的水洗手！

「孟尙閎！」我大叫。

「沒關係啦，妳也來洗。」

孟尙閎不以爲意，一把拉過我的手，水量不大的溫水沖在手上的感覺眞怪，水珠順著我的手腕從我的手肘滴落到地上，我想要往後退，卻被他拉住。

「不要這樣拉著小熙，我們可以去廁所洗，你先回教室吧。」

戴昀茜巧笑倩兮地對孟尙閎吩咐完後，一把將我的手從孟尙閎手上拉開，力道之大不容拒絕。

孟尙閎聳聳肩，「那妳們就去相親相愛吧！」

我大張嘴巴，不可置信地看著孟尙閎，他轉身揚手揮了揮，就這麼走了。

「那我們去廁所洗手吧。」笑容依舊停留在戴昀茜臉上。

詭異至極。我這麼想。

女廁就在轉角處，當我站在洗手台前洗手的時候，戴昀茜就在旁邊對著鏡子整理頭髮。

「你們剛才爲什麼牽手呀？」

我用烘手機吹乾手時，她開口問。

「沒有爲什麼。」而且那也不是牽手，他是握著我的手腕。

提到這個，我剛才有記得洗手腕嗎？

於是我默默轉身回到洗手台前，再次擠了洗手乳，搓洗手腕。

「他剛才明明就是這樣——」戴昀茜竟忽然衝過來抓住我的手腕，泡沫濺了起來，噴到我和她身上，「抓住妳的手。」

我不悅地用力把手抽回來，「所以我們沒有牽手。」

「……那爲什麼他抓著妳的手？」她瞇起眼睛。

「妳應該要先道歉吧？」我從鏡子瞥了她一眼。

「爲什麼要道歉？」

我嘖了聲，「算了。」

把泡沫沖乾淨後，我故意大力甩手，讓水珠噴灑到她身上。

「柴小熙！」

「哦，抱歉。」我可是有道歉喔。

「妳……」

戴昀茜扭曲的面孔是我從未見過的，和我印象中的她截然不同，忽然，我意會過來她這一連串不自然的舉動是爲了什麼。

「妳喜歡孟尚閎？」我脫口而出。

看樣子賓果了，雖然她沒有瞬間臉紅，但臉上的表情變化也夠明顯了。

「妳們眞的很奇怪，爲什麼總是找我麻煩？」我忍不住抱怨，「明明之杏和孟尚閎的關係更曖昧，不能因爲我們同班，就把氣都出在我身上……」

「妳在講什麼東西？」戴昀茜皺眉，「之杏是孟尚閎的雙胞胎姊姊。」

此刻換我震驚了，「妳再說一次。」

戴昀茜哼了一聲，「之杏，孟之杏！她和孟尚閎是親姊弟！」

「他們長得一點都不像。」我不太相信。

「異卵雙胞胎。」她抬手拍去身上的水珠。

難道寫在孟尙閎書包內裡的三個人名，其實都是他的姊妹嗎？

這麼說起來，在捷運上遇見的夕旖，五官和之杏似乎有些神似，當初沒有注意到這點，是因爲之杏臉上脂粉未施，而夕旖則化著淡妝。

我瞬間理解了孟尙閎和沈品睿的對話，他們說要耍著我玩，不想跟我說實話，指的原來是這件事情。

之所以不想告訴我之杏和孟尙閎是姊弟，是因爲他們覺得看著我一直誤會之杏喜歡孟尙閎很有趣。

「妳在笑什麼？」戴昀茜臉上的表情有些莫名其妙。

「我有在笑嗎？」

戴昀茜點頭，我側頭往鏡子看去，發現自己的唇角確實往上勾，雖然幅度很小很小，但那確實是抹微笑。

爲什麼要微笑？有什麼好開心的？

因爲她們兩個其實是孟之杏和孟夕旖嗎？

「到底在笑什麼啦！」我的反應令戴昀茜不太爽。

「沒什麼。」我立刻搖頭，「我和孟尙閎只是朋友，他拉著我的手腕其實也沒什麼，他剛才手上拿過又髒又臭的垃圾，他是故意要噁心我的。」

戴昀茜頓了頓，才忽地笑開，「什麼呀，原來是這樣啊！」

「對，就是這樣。」我不由得想，她變臉也變太快了吧。

「那就沒事了，我們回教室吧。」

我瞄向戴昀茜愉快的側臉，這才眞的體會到孟尙閎有多受女生歡迎，和沈品睿那種光芒耀眼的男生不一樣，孟尙閎身上也散發出隱隱約約的柔光，雖不十分閃耀，卻持續穩定，像是恆星一般。

想起戴昀茜那不變的態度，要不是和孟尙閎深聊過幾次，算是對他有幾分瞭解，我一定會認爲他是那種看不出女生眞面目的笨男生。

孟尙閎很聰明，他絕對知道戴昀茜在想些什麼，所以他剛才的反應才那麼怪。他是在看好戲，孟尙閎就是這樣的人，跟沈品睿一樣。

而我從來沒遇過這樣的男生。

回到教室後，果不其然，孟尙閎帶著玩味的笑容朝我望來，我不理他，直接坐下，張雲嬌隨即走進教室，要大家開始更正作業簿的答案。

當我抬頭要抄寫黑板上的筆記時，瞄到張家宣打開書包正要拿東西，有本書從她書包裡掉了出來，封面是淡藍色的。

雖然張家宣迅速彎腰撿起那本書，一把塞回書包裡，但我已經清楚看見了。

那本就是沈品睿的愛情小說。

第六章

怎麼會有人這麼蠢，偷完東西以後都把贓物帶回家了，幹麼又要帶回學校來？偏偏沈品睿還在書裡做記號，張家宣連謊稱那本小說是她自己買的都沒有辦法。

我完全無心上課，焦躁地等待下課鐘響，打算要立刻去找張家宣理論。

也許是我坐立難安的模樣太明顯，程子荻冷哼一聲，用氣音對我說：「妳是動來動去的毛毛蟲喔？」

「又沒有妨礙到妳。」我也用氣音回。

「有，我眼角餘光會看到，讓我很不舒服！」雖然還是氣音，但她加重了口氣。

我示意她噤聲，前方已經有幾個同學側頭看向我們。

程子荻指了指自己的課本，我以爲她是要我專心上課，她卻翻了個大白眼，似乎很不高興我竟如此不開竅。

她從抽屜裡拿出一疊很可愛的便條紙，輕拍便條紙兩下，用原子筆在上頭做出書寫的動作，撕下其中一張遞給我。

原來是要我寫紙條，搞那麼複雜幹麼？

弄懂她的意思以後，我搖了搖頭，我才不做這種會留下證據的事情。

她看起來很生氣。

怪了，什麼時候開始我必須事事和她分享啦？

不過，說也奇怪，這麼麻煩又莫名奇妙的事，居然讓我不自覺想笑，好吧，違背一下自己的原則也行，我在那張可愛的便條紙上寫下我剛才所見。

程子荻看完那張便條紙後，瞪圓了眼睛，側過身對我比出一個OK手勢。

她這是在OK什麼？

下課鐘一響起，我就迫不及待地站起來，想直接過去找張家宣，程子荻卻拉住我，豎起食指對我搖晃兩下，然後再用食指點向我的座位。

「坐下，看姊姊我自然的演技。」她對我露出得意洋洋的微笑，用力推了推我肩膀，讓我跌坐回座位上。

程子荻不慌不忙地往前走去，經過張家宣的座位旁邊，走上講臺，拿起板擦開始擦黑板。

「欸，程子荻，妳幹麼搶值日生的工作？」孟尚閎是今天的值日生，他在位子上喊。

「身爲衛生股長，這點小事是我應該做的。」程子荻隨口答，但隨即又放下板擦，「算了，不能偏袒你，還是讓你做吧。」然後轉身往回走。

「啥啊？」孟尚閎搞不清楚現在是什麼情況。

就在程子荻快走到張家宣座位旁邊時，忽然超不自然地腳一拐，把張家宣掛在桌邊的書包撞掉，但書包裡的東西卻沒有如她預想的全部灑出來，只是直直地砸在她的腳上。

「小心一點！」張家宣趕緊拿起書包要掛回桌上，程子荻卻一手抓住書包背帶。

「眞的很抱歉，妳要不要看看裡面的書有沒有損壞？」

「書放在書包裡面，怎麼可能會損壞！」張家宣推開程子荻的手。

我有些哭笑不得。

於是我站了起來，打算照我原本的計畫，直接搶過張家宣的書包，當場揭發她才是明智之舉。

「妳要幹麼？」一隻大手卻突然壓住我的肩膀。

「孟尙閎，幹麼啦？擦黑板走另外一邊啦！」我想甩開他，他卻更加大力道，

「欸，放開啦！」

戴昀茜朝我和孟尙閎望了過來，那嫉妒的神情看起來有些猙獰。

「小熙，陪我們去合作社吧。」沈品睿也走了過來，臉上依舊掛著欠揍的微笑。

這下子不只戴昀茜和周羽菲，連張家宣都用可怕的眼神瞪我。

我就這樣被他們「帶」出教室，臨走前，還看見程子荻不死心地跟張家宣拉拉扯扯。

結果他們根本沒打算往合作社去，而是把我帶到教學大樓旁的空地，這裡除了幾塊看起來沒有整理的花圃外，還有一些雜亂的器具胡亂堆在角落，負責打掃這區的班級一定沒認眞打掃。

「幹麼啊？我明明看到了！爲什麼不讓我過去揭穿她？」

我忍無可忍對他們大叫，說我終於看見那本愛情小說的蹤影，而這兩個傢伙居然還有空喝手中的飲料，哪來的飲料啊？而且還沒有我的！

「程子荻就算了，讓她去做這種多餘的事也不會招來怨恨，但妳可不一樣。」沈品睿搔了搔頭，用力吸了一大口飲料。

「什麼意思？」

「程子荻雖然好管閒事，但個性還算討人喜歡，所以就算她偶爾做一些出格的事，也不至於會淪爲全班公敵，遭受欺負。」沈品睿擺擺手，把飲料往垃圾桶一丟，其實那並不是垃圾桶，只是負責打掃的學生偷懶，沒把畚箕和掃把帶回教室，所以很多人都把垃圾丟在畚箕上。

「果然是張家宣拿走的吧？」孟尙閎不知道從哪裡拿出一罐未開封的飲料，慢條斯理地把吸管戳進去，再遞給我，「妳剛剛想怎樣？直接過去掀她的底？」

我搖頭拒絕他的飲料，「不然呢？她偷東西的目的不就是想讓人誤會我，讓大家以爲是我拿走沈品睿的東西嗎？」

「應該不是這樣，眞正的原因比妳想的單純多了，我之前不是跟妳說過？」孟尙閎喝了口飲料，「嫉妒。」

沈品睿聳了聳肩，「由我自己來講很那個，張家宣只是想拿某樣我的東西做紀念吧？她又不敢來我的座位偷拿，正巧我把書借給妳，這樣她更容易下手，也不會被我發現——雖然我還是發現了。」

「你什麼時候發現的？」

「就在妳找個不停的當下就發現了，那時候不該專注在找東西上，應該仔細觀察周遭的人，看看誰的神情怪怪的。」

「有這種閒功夫推敲，不如去把書拿回來！」我生氣地說。

「一本幾百塊的書，就能換來她青春歲月裡那一點點微不足道的罪惡感，以及更多的滿足感，挺值得的啊，我可是在做好事。」沈品睿痞痞地笑著。

「讓她偷東西是做好事？那直接和她交往不是更好？反正你來者不拒，不是嗎？」我說。

「妳這樣說也沒錯，但跟我交往留下的可不會是什麼美好的青春回憶，會傷她更深喔，因爲她會發現，我一點也不在乎她。」

「那不是更好，一次讓她痛死，一次讓她清醒。」我哼了聲。

「哇，柴小熙好狠！」孟尙閎在一旁笑，故意學沈品睿的口氣。

我白了孟尙閎一眼，轉頭又問沈品睿：「所以你的意思是？」

「就不要管啦，反正書妳也看完了，我也得到一本新的，她也得到青春回憶，那不就皆大歡喜？」沈品睿雙手一攤，一副理所當然的樣子。

「既然本人都這麼說，那就算了。」我只得勉強同意不再追究，雖然胸口有股鬱悶難以形容。

「在這裡討論半天，如果回教室以後發現，程子荻已經把書從張家宣那裡拿回來，一切就都白搭了。」孟尙閎轉著眼珠。

「多管閒事，她從以前就這樣。」沈品睿淡淡地說，語氣聽不出情緒。

我們三個人往教室的方向走，我想著是否該告訴他們戴昀茜的事，不過既然他們連張家宣拿走小說這件事都知道，應該不會不知道戴昀茜的心情吧？所以我打消了念頭。

一看到我們回教室，程子荻立刻上前拉著我的手，嘀咕著張家宣怎樣都不肯交出書包，甚至還拿著書包跑出教室，所以她實在無能爲力。

「不用了，這件事已經解決了。」

她困惑地蹙眉，「什麼？解決了？什麼時候解決的？」

我簡短地將沈品睿和孟尙閎對我說的話轉述給程子荻聽，她聽得一愣一愣的，最後嘆了口氣說：「沈品睿跟以前一樣。」

「他也說妳跟以前一樣，你們其實……還是可以當很要好的朋友吧。」

「反正他一定是說我愛管閒事。」她擺擺手，「既然這樣就算了。」

「但張家宣也很奇怪，都已經把書帶回家裡了，爲什麼還要帶來學校？老老實實放在家裡不就好了。」

「也許她打算偷偷還給沈品睿吧，說不定她這幾天都良心不安。」程子荻隨口猜測。

結果這件事情不了了之，也不知道張家宣爲什麼要再把書帶來學校，反正最後她沒有物歸原主就是了。

♦

日子一天天過去，我在三淵的生活看似風平浪靜，卻也暗藏隱憂，例如戴昀茜怪異的態度越來越明顯——至少對待我是這樣。

只要孟尚閎稍微跟我多說兩句話，她就會用可怕的眼神望過來。

有一次我被她瞪到很不爽，馬上叫孟尚閎轉頭看她，而戴昀茜居然可以一秒變臉，換上一臉微笑跟我們輕輕點頭。

我氣得翻了個超級大白眼，兩手一攤，重重嘆了口氣，然後轉身走到走廊上。

孟尚閎跟上我，笑個不停的模樣十分欠揍。

「女生真可怕，是吧？」站在走廊玩手機的沈品睿，明明不在教室裡，卻像知道剛剛發生什麼事情一樣，頭也不抬地竊笑。

「你不是說在我來之前，你們班上很和平？」我故意說。

「是很和平啊，但是妳來了以後比較有趣，可以看見很多人的真面目。啊，我想到一個很好的形容詞，人性照妖鏡！」

「照你個頭！」伸手想打他，手卻突然停在半空中，我目光呆呆地落在自己的手上，一動也不動。

「當機了？」孟尙閎好笑地伸手在我眼前揮了揮。

我搖頭，拍掉他的手。

「好暴力！」孟尙閎怪叫，然後湊到沈品睿旁邊，看他在玩什麼遊戲。

而我則轉身進教室，回想剛才自己的舉動。

我習慣獨來獨往，在聖中的時候身旁除了「男朋友」，沒有其他人，我也從來不會因爲旁人的情緒而受到牽引，更不會被人激怒。

然而來到三淵以後，我卻慢慢變成一個普通人，居然會想出手打男生，或許這已經不是我第一次打他們兩個了，但今天我才注意到自己這個無心的舉動。

「妳幹麼？」回到座位上的程子荻，見我在發呆，隨口問了一句。

此時，她的手機突然發出訊息提示聲，我瞥去一眼。

「在學校不是應該設成靜音？不怕被沒收？」

「下課會打開，不然聽不到啊。」程子荻從口袋拿出手機，坐在位子上滑開訊息，忽然大喊了聲。

那聲音大到連待在走廊上的孟尙閎和沈品睿都聽見了，還特地走來窗邊問：「怎麼了？妳中樂透了？」

程子荻的臉色一陣青一陣白，什麼話都沒有說，只是張大嘴巴看著我。

「表情很蠢喔。」沈品睿開玩笑。

程子荻立刻閉上嘴巴，呑了一口口水後說：「我哥今天請假，他生病了。」

「所以？」孟尙閎挑眉。

「然後我昨天跟他借漫畫，漫畫放在我房間，他進去拿……」

哦，不！我有不好的預感。

「……我那件水手服就掛在牆上，所以我哥看見了。」

「被妳哥看見會怎樣？妳在說什麼？」沈品睿聽不懂，孟尙閎也聳肩。

「無所謂吧，上頭沒有我的名字也沒有學號，只是一件聖中的制服。」我安慰她。

「因爲很可愛呀，我想要每天看……然後，壞就壞在我哥很聰明，一向觀察入微。」

「而且爲什麼要掛在牆上？」

程子荻苦著臉把手機螢幕轉向我，沈品睿及孟尙閎分別擠在我身側，我們一共六隻眼睛全都看向那則訊息。

「衣服是柴小熙的嗎？」

程子又的訊息如此寫。

「妳回答不是就好了啊。」我說。

「他會這樣問，表示他心中其實已經有篤定的答案了，如果我現在否認，以後被他抓包就完蛋了，他可能會把我所有的漫畫都打包拿去回收。」程子荻用力搖頭。

沈品睿忽然雙手一拍，恍然大悟地說：「所以妳哥眞的認識小熙啊，那我上次問妳們，妳們還不回答。」

孟尙閎在一旁笑，「還有更勁爆的喔。」

「你想說什麼？」

我轉過頭，想用凶狠的眼神向他射過去一記警告，卻沒注意到他離我這麼近，我的鼻尖擦過孟尙閎的下巴，讓我嚇了一跳，頭立刻往後仰，後腦杓卻結結實實撞上沈品睿的鼻子。

「你們在幹麼？像白痴一樣。」程子荻皺眉，看著捂住後腦的我及捂住鼻子的沈品睿，還有明顯愣住的孟尙閎。

我感覺到胸口瞬間升起一股燥熱，孟尙閎也低下頭，看起來有些尷尬。

「很痛欸，有沒有流鼻血啊！」沈品睿鬼叫。

「沒事……」程子荻話都還沒說完，她的手機陡然響了起來。

來電者是程子又，她驚慌地看著我：「怎麼辦啦！」

「妳就接呀，掰不過去就說實話。」孟尙閎回過神，瞥了我一眼說：「反正上次妳哥也很平靜地接受柴小熙已經眞心和新男友交往了，讓他知道妳們同班應該也沒關係吧？」

「但我之前才跟他說我不認識柴小熙……」程子荻非常懊惱。

見狀，我朝她伸出手。

「妳要幫我接？」程子荻眼裡浮現出疑惑。

「嗯，我來跟他講，反正只要把一切都推到我身上，妳就不會被罵了吧？」

程子荻緊咬下唇，把鈴聲大響的手機放到我手上。

沈品睿在一旁喊：「哇，好溫柔喔。」

孟尚閎則帶著古怪的笑容看著我，我覺得只是輕輕擦過他下巴的鼻尖，感覺起來遠比我的後腦杓還要炙熱。

我按下通話鍵，「喂。」

「……柴小熙？」

僅僅一聲「喂」，就能聽出是我，程子又到底對我有多熟悉？這樣一想突然覺得有些可怕。

「那件水手服是我的沒錯，我的確也認識你妹，不是她不告訴你，而是我逼她不能說，不然我就要濫用股長的權力欺負她。」我滔滔不絕地說著，尤其是最後那一句，根本就是程子荻做過的事情，藉機順便婊她。

「眞的是妳？妳轉學到三淵，這麼巧轉到我妹的班上嗎？」程子又的聲音聽起來鼻音很重。

「你感冒好好休息吧。」

「妳……好吧，那就先這樣……」他似乎還想說什麼，不過卻止住了。

「拜拜。」

掛掉電話後，我將手機還給程子荻，「解決。」

「妳對我哥眞是冷淡。」程子荻扯扯嘴角，不甚友善地抽回手機。

「難道要對他噓寒問暖嗎？那也不是妳樂見的吧。」

「是沒錯，但看到家人對別人低聲下氣，對方卻不當他是一回事，還是會覺得難過。」

我靜默好一會兒，以往我一定會回一句「關我什麼事」，但此刻不知怎麼搞的，我並不想說出那句風涼話。

「長痛不如短痛。」孟尙閎的大掌忽然按在我的頭上，輕輕撫摸。

「手走開。」我揮開他的手。

「難得對妳這麼溫柔呢。」孟尙閎又笑了幾聲，和沈品睿兩人又回到走廊上，邊曬太陽，邊討論手機遊戲。

驀地我察覺到一道銳利的視線，定睛一看，是戴昀茜，她目光凶狠，像隨時想衝過來教訓我一樣，然而我心中卻半點害怕的感覺都沒有，只覺得頭頂發燙，被孟尙閎碰觸過的鼻尖與髮絲，都如同火燒一般。

「柴小熙，妳這是什麼表情呀？」程子荻噗嗤了一聲，從抽屜拿出鏡子湊到我面前，「現在是猴子屁股嗎？」

我看著鏡子裡那個臉頰微微泛紅的人，還有她眼神裡一閃而逝的……

那眼神我見過，在程子又看著我的時候，以及在之杏看著孟尙閎的時候。

我不由得一愣，比起見到自己竟露出這樣的神情，更令我感到錯愕的是，孟之杏看著孟尚閔的眼神，那是明明白白的愛慕。

「妳會喜歡上妳哥哥嗎？」我出聲問程子荻。

「唉唷，噁心死了，妳在講什麼東西，就算是開玩笑都讓我想吐。」程子荻誇張地做了好幾個嘔吐的動作，「話說回來，最近妳身邊是不是比較沒有那些噁心男生出沒了？」

仔細想想，好像是這樣沒錯，已經很久沒有不認識的男生跑來要求跟我交往。

「看來孟尚閔時常在妳身邊走動的功用眞的很大，可能沈品睿多少也有幫到一些忙吧。」程子荻竊笑。

我回頭看了孟尚閔一眼，恰巧他也抬起頭與我四目相接，他先對我微微一笑，我也下意識地勾起唇角，他眼裡的笑意隨即加深。

意識到自己在做什麼後，我趕緊轉過頭，從抽屜拿出小說放在桌上，卻一個字也沒讀進去。

接著，我聽見孟尚閔朗朗的笑聲從走廊傳進教室。

迴盪在我的心。

自從程子又知道我轉學到三淵和他妹同班後，就再也沒在捷運站遇過他，程子荻也跟我說，程子又很反常，竟然沒有向她興師問罪。

「雖然很奇怪，可是這樣也好，不然還不知道會被他怎樣欺負。」

上學途中巧遇程子荻，我便和她結伴走去學校。

自從小學畢業，就未曾再與同學一起上下課，久違的新鮮感讓我有些興奮。

「有這麼誇張嗎？他應該是屬於很疼愛妹妹的類型吧。」我眞心這麼認為。

「之前不是跟妳說過，我哥他只對妳溫柔，因爲他很喜歡妳，我偷看過他發給妳的訊息，溫柔到簡直像是另一個人。」程子荻皺皺鼻子，「不過我哥眞的很有風度，居然就這麼瀟灑地放手了呢。」

我只是笑而不語。

其實程子又也曾委曲求全，但直到現在，我依舊不太明白，爲何他只是因爲「喜歡」我，就願意對我如此低聲下氣？也許未來有一天，有機會可以當面問他。

或是未來有一天，我會後悔曾經這樣對他？

進教室後，我馬上注意到自己的桌上放了一小瓶花。

「是誰這樣送花的啊！」程子荻先是大聲嚷嚷，又馬上像是想到什麼，拉著我低聲說：「欸，這個該不會是……」

環顧教室，已經到校的學生並不多，以蕭念絜為首的惡毒三人組正帶著諷刺的笑容朝我們這裡看，不用多想，肯定是她們做的。

此時，戴昀茜剛從前門進到教室，直接就座，並沒有特別留意四周。

「無聊。」

我把花瓶放到教室後方的置物櫃上，當作妝點教室的材料，正巧沈品睿背著書包從走廊進來。

「小熙，這麼浪漫，還帶花來學校啊？」沈品睿站到我身邊調侃幾句，順手將喝完的飲料空杯往垃圾桶一扔，沒有瞄準，杯子掉在地上，而他看起來並不打算撿。

「沈品睿，垃圾。」我冷冷地說。

「响，很麻煩耶。」已經要在座位上坐下的他，又悻悻然地走回來，彎腰撿起飲料空杯丟到垃圾桶裡，「既然妳負責整理垃圾，幫我撿起來丟進去也不會怎樣呀。」

「我才不要。」

我站的角度，正巧可以清楚看見惡毒三人組的表情，見張家宣氣到眼眶泛紅，一副下一秒鐘就會哭出來的模樣，我實在覺得很誇張。

難道喜歡上一個人以後，連對方交朋友也要吃醋？甚至還牽連無辜？

這樣的感情不會太沉重嗎？

我忽然想起，在聖中的時候，我和許多男生搞曖昧，也曾同時與好幾個男生交往，同學的確會對我的所作所爲冷嘲熱諷，但仇視我的程度可能還比不上張家宣她們。

奇怪，我又沒有和沈品睿、孟尚閎交往，我和他們只是單純的朋友，卻要遭受這麼過分的對待，這又是爲什麼？

「妳又當機？」沈品睿伸手在我眼前胡亂揮動。

「沒有啦，走開。」我走回自己的座位。

沈品睿不知喃喃講了幾句什麼，就走回自己的位子開始吃早餐。

「欸，柴小熙，妳沒事吧？」程子荻居然會主動關心我。

「沒怎樣，不過是一瓶花，而且那種習俗只有日本才有，這裡是台、灣！」我故意加重台灣二字，讓那些白痴女聽清楚，她們故意在我桌上放花表示悼念死者，這個舉動實在太幼稚。

「妳這個——」蕭念絜迅速從位子上站了起來，對著我就要大吼，但一旁的張家宣連忙拉住她。

「妳們在幹麼？」戴昀茜已經捧著歷史課本，在爲第一堂課做預習了，「早自習安靜一點。」

「……哼。」惡毒三人組只能暫時收手。

難道她們以爲我會哭嗎？這種欺負也太小兒科了吧。

「還滿扯的，我都不知道女生眞的會爲了喜歡的人而去欺負另一個人。」程子荻滿臉不可置信。

「妳不也曾經這樣對我，只是妳是爲了妳哥。」我不放過嘲笑她的機會。

「欸，大大不同好嗎？我是爲了家人，聽起來多理直氣壯，而且我也沒欺負妳，只是叫妳整理垃圾而已。」程子荻到現在還是不承認，也罷。

等下一堂上班導的課時，我才發現課本不見了，見惡毒三人組不時轉過頭來看我，想也知道課本是被她們藏起來的。

「老師，我課本不見了。」我舉手直接說，把她們三個交頭接耳偷笑的模樣看在眼裡。

「課本也可以忘記帶，先跟隔壁的同學一起看吧。」班導張雲嬌不冷不熱地吩咐。從我轉學到三淵第一天，表露出桀驁不馴的態度以後，她就對我不是很友善。而且我明明是說「不見」，不是說「沒帶」，她身爲國文老師卻沒發現兩種詞彙的不同，眞是可悲。

反正我向來不討老師歡心，所以就算被敷衍也無所謂。

「妳怎麼會沒帶課本？」我將椅子拉到程子荻旁邊時，她小聲問。

「被藏起來了。」

「又是她們三個嗎？是能藏到哪裡去？」程子荻皺眉。

「誰知道，總之絕對不會在她們的書包裡。」

下課後，我先把放在抽屜的課本清點一遍，發現除了國文以外，數學、化學以及英文課本也都不見蹤影。

一股難以抑制的憤怒瞬間湧上心頭，藏同學課本這種事情不是小學生才在做的嗎？

「化學老師很凶欸，先去別班借一下好了。」程子荻邊說邊看了蕭念絜一眼，惡毒三人組正聚在一起聊天。

「我不認識別班的人。」

「那我幫妳去借。」程子荻快步走到後門，差點撞上迎面而來的孟尚閎。

「小心一點啊！」孟尚閎叮囑過程子荻後，看了我一眼，對我說：「難得妳會忘記帶課本，不過妳看起來不像會把課本帶回家念書的類型啊。」

我聳了聳肩當作回應。

「她上次考試還全班前三名，眞是嚇到我了。」沈品睿說的是期中考成績。

「不過作文很差，而且她的課本不是忘了帶，是被藏起來了。」程子荻藏不住祕密的同時還不忘損我。

孟尚閎眉頭一皺，追問是怎麼回事。

不想讓他繼續問程子荻，我湊過去接話：「這是我們女生之間的事。」

「是啊，我們男生就在旁邊看熱鬧，必要的時候再給予適度的幫助就好。」沈品睿搭著孟尚閎的肩膀。

「那你們去幫柴小熙借課本，她的英文、數學和化學課本都不見了。」程子荻也滿會使喚人的。

這下連沈品睿也皺眉了：「這麼多課本都不見了？」

「以比例來算，還不到三分之一，所以還好。」我輕描淡寫地答。確實，如果把音樂、家政那些科目也算進來的話，的確不到三分之一。

「好，我們去借。」孟尚閎二話不說，轉身走出教室，看著他的背影，還眞有點……說不上來的帥氣。

「那我們也有工作！」程子荻作勢要捲起袖子。

「怎樣，直接去問她們嗎？」看她那樣，我覺得有點好笑，又覺得她有點可愛。

「妳怎麼知道？」

「妳的心思並不難猜啊。」

我瞥了眼正掩嘴往我們這邊笑的惡毒三人組，「她們敢這麼囂張，就表示東西一定不在她們身上，所以根本不需要過去興師問罪，她們不會承認的。如果眞的過去找她們對質，我幾乎可以想像接下來會發生什麼事。」

「會發生什麼事？」

「就是一言不合，我們五個人扭打成一團，臉上、身上全是傷，集體被送到保健室擦藥，然後老師過來，她們三個大喊冤枉，我們兩個變壞人。」哦，那畫面也被我描述得太生動了吧。

「那也不錯啊，很久沒有打架了！」程子荻居然一臉躍躍欲試的樣子。

我笑了一聲，「原來妳這麼暴力？難怪和我打了兩次。」

「不打不相識嘛！」程子荻眨眨眼睛，「那現在我們要怎麼辦？」

她的問題讓我有幾分困惑，基本上，這算是我一個人的事情，而她卻自然而然地把這件事當成是她的事，我覺得不可思議，還覺得有點窩心。

「如果是妳來藏我的課本，妳會藏到哪兒？」我反問她。

「嗯，把妳的課本藏起來，目的就是要讓妳找不到、讓妳感到困擾，可是又希望妳知道是我，又不能被妳搜到證據，所以我一定不會把課本放在自己身上……嗯……」說到這裡，程子荻看著我，「我想到一個地方，只有藏在那裡，才能確保妳一定會看到。」

「經過妳的分析，我大概也猜到了。」

我們兩個同時往教室後方看去，再彼此交換一道目光，不約而同地走到紙類回收桶，掀開上面幾張廢紙，伸手往最下方探去，果然摸到一疊書。

「妳們在幹麼啦？好髒喔。」這時有個同學從旁經過，忍不住出言取笑。

沒時間理會閒雜人等，我們協力將整個紙類回收桶往地上一倒，果然看見我的課本被藏在最下層。

沒錯，負責整理垃圾的我一定會發現，藏在這個地方還眞是不錯。

程子荻不嫌髒，直接撿起我的課本拍了拍，隨後翻了幾頁，眉頭越鎖越緊。

「她們哪來的時間塗鴉啊？」

我也拿起其中一本翻開，發現我的課本被螢光筆、紅藍原子筆塗得亂七八糟，甚至還有刀片的割痕。看來，這些課本是不能用了，勢必得買新的。

「她們願意把時間花在欺負我上，真榮幸！」我冷笑一聲。

「哇，妳的表情看起來冷靜到有點可怕，要反擊嗎？」程子荻兩眼發亮。

「不，算了。」

「妳居然不反擊？明明妳剛轉學過來的時候，我只是多說了一兩句話，妳就打我一巴掌，現在居然這麼寬宏大量，難道這就是所謂的差別待遇？」程子荻這個人有時候還滿有趣的。

「她們就是希望我有所反應，才會把課本藏在我一定能找到的地方，既然如此，我幹麼讓她們稱心如意？課本可以用借的就好。」

我準備把課本扔回資源回收桶，程子荻趕緊阻止我。

「嘿，要保留證據，不要隨便丟掉。」

「什麼證據，難道妳要驗指紋？」說完，我都笑了。

「我想把這幾本課本帶回家，我可是很會尋找線索的。」

程子荻很堅持，我其實覺得無所謂，就任由她捧著課本回到座位。

對於我這麼快就找到課本，惡毒三人組臉上難掩驚訝，他們三人依舊故作鎮定，只是目光不斷朝我飄來。

上課鐘響起，孟尚閎和沈品睿一同走進教室。

「拿去。」孟尚閎將三本課本丟在我桌上，「她今天都用不到，所以我乾脆一次借三本，妳先拿去用，我放學再還她。」

「謝謝你。」我眞心誠意向他道謝。

孟尙閎頓了一下，臉上漸漸露出笑容，「不客氣。」

「好了啦，現在是在參加禮貌比賽嗎？快回座位啦！」程子荻在一旁插話。

「態度眞的一級棒。」沈品睿笑嘻嘻對她說。

我翻開課本，第一頁上面寫著一個名字——孟之杏。

我忍不住微笑。

第七章

「咳咳咳——」

女人劇烈急促的咳嗽聲，在安靜的夜裡聽來格外清晰。

我在床上翻過身，半夢半醒地睜開眼睛，聽著那咳嗽聲斷斷續續響起。過了一會兒，我聽見爸爸打開房門，走進廚房，按下熱水瓶，然後再走回臥房。

不過那女人的咳嗽聲卻始終沒有平息。

我再次沉沉睡去，卻又好像還醒著，一幕幕畫面從我腦中掠過。

有個看不清面目的人抓著我的肩膀搖晃，要我做出選擇，而我只是無助哭泣，什麼話都說不出來。

畫面切換到客廳，有人正在亂摔東西，叫喊聲在室內迴盪。

那是我家客廳，雖然擺設和家具都和現在不太一樣，但的確是我家客廳。

廳裡站著四個人，我在一旁放聲大哭，爸爸懷裡抱著一個人，口中則不斷安撫著另一個歇斯底里、大吼大叫的人。

「我們有女兒啊——你怎麼能——」

我猛地睜開眼睛，發現自己流了一身冷汗。

手機的鬧鈴恰巧響起，我居然在鬧鐘響前就醒來了。

走出房間，沒見到女人像往常那樣在廚房忙進忙出的身影，所以我躡手躡腳地走到他們的臥房前偷聽。

「妳就好好休息吧，早餐我們自己會解決的。」爸爸說。

看來那女人感冒了。

我走進浴室開始梳洗，把一切都收拾好之後，發現爸爸坐在客廳等我。

「很久沒和我一起在外面吃頓早餐了吧？」

「嗯。」

我注意到瓦斯爐上燉了一鍋東西，想必是爸爸幫她準備了稀飯之類的食物吧。

來到樓下的早餐店，阿姨一看見我和爸爸，立刻堆起笑容。

「哎呀，你們好久沒有一起過來啦！」

「是啊，今天難得。」爸爸笑著說。

「太太今天沒準備早餐呀？」早餐店阿姨的雙手絲毫未停，卻還可以分神與顧客熱絡搭話。

「她今天身體不太舒服。我們要兩份蘿蔔糕加蛋，一杯咖啡跟一杯牛奶。」爸爸快速點完餐，走到最角落的座位。

他小聲對我說：「最怕裝熟的人了。」

我笑了一下，原來爸爸也有害怕的類型啊，我還以爲他什麼人都能應付自如呢。

不過這點跟我一樣，我們都不會應付這個早餐店阿姨。

早餐送上桌之前，我低頭玩手機，爸爸則看報紙，餐點送上後，爸爸才開口問我在新學校過得怎麼樣，我回答他已經交到還不錯的朋友。

「看來這次應該是眞的吧？」

爸爸的話讓我伸向蘿蔔糕的筷子一頓。

不等我回答，他又說：「以往就算妳這麼說，聽起來也像在敷衍我們，但這次感覺是眞的。」

「我有這樣嗎？」我都沒發現……

爸爸點點頭，「不過這些都是妳媽說的，她說妳最近應該很開心。」

我將筷子往桌上用力一放，「爸，要我說幾次，那女人不是我媽！」

爸爸皺緊了眉，「妳不想叫她媽媽的理由是什麼？」

「因爲她不是我媽，就這麼簡單！」

爸爸臉上露出難受的神情，我知道他被我刺傷了。

我又何嘗不是？爲什麼要強迫我叫一個沒有血緣關係的女人媽媽？

「好，我不會再勉強妳了。」

「謝謝。」我說，然後低頭喝牛奶，不再看他。

好幾分鐘的時間，我們都只是靜靜地吃著蘿蔔糕。

結完帳，我原本打算自己搭捷運去學校，爸爸卻說要開車送我。

我們一路無語，直到爸爸把車停在學校大門附近，他才開口：「小熙，妳已經十七歲，就快要十八歲成年了，為什麼還是這麼幼稚？」

我瞪大眼睛，是誰幼稚？

「難道妳都看不見阿姨的付出？」爸爸的眼裡滿是受傷，彷彿要哭出來一樣。

我用力甩上車門，迴避他的問題。

為什麼大人的事要讓小孩來承擔？為什麼要讓我面對這樣的事情？

世界上沒有真愛。

若真的有，也只存在於一瞬間，短暫得讓人無法相信它存在過。

所有情感都抵不過現實消磨，所謂的真愛都經不起時間考驗。

所以男人才能輕易地在有了家庭妻女以後又外遇。

「柴小熙，妳知道怎麼樣了嗎？」

一進到教室，程子荻便興沖沖地對我說，看著她雙眼發亮的模樣，讓我忽然鬆了一口氣。

剛才壓在心頭上的不快，霎時間好像煙消雲散了。

學校和家裡，是不同的世界。

「怎麼了嗎？」我問她。

她拉著我的手來到座位旁邊，從書包裡抽出我那本被破壞得亂七八糟的英文課本，並翻開其中被特意摺起的一頁。

「妳看這個顏色。」程子荻指向書頁上一處銀色的線條。

書頁被紅、黑、藍色的筆胡亂畫過，那處銀色的線條確實格外突兀，但我還是看不出什麼端倪。

「我就知道妳沒發現。」程子荻得意洋洋，拿出橡皮擦在銀色的線條上擦了幾下，竟出現了另一種顏色。

「怎樣？我知道有這種筆呀。」我把書包掛在桌邊。

「妳注意看啦！」程子荻翻到前幾頁，向我解釋她已經在家裡用橡皮擦擦掉了那幾頁上的銀色線條，「妳看看這些顏色。」

我發現書頁上有粉紅、黃、橘、紫等色彩各異的線條，但那又怎樣？

見我還是不懂，程子荻也不打啞謎，「這種筆雖然不算稀奇，可是男生才不會買這種筆，班上女生有買的就那幾個，但她們買的大都是單一種顏色。」

「那又如何？」

「吶，柴小熙，妳是笨蛋嗎？還是妳剛起床不久，腦袋還沒開竅？」程子荻從抽屜翻找出一張紙條，「妳看這個，這是之前周羽菲寫給我的紙條，她用的就是這種筆！而且她還有好幾種顏色，粉紅、黃、橘、紫都有！」

紙條上有三、四行字跡，每一行的顏色都不一樣，周羽菲應該是刻意用不同色系的筆寫，擦掉最上層的銀色後，就依序露出下層的橘色、黃色和紫色。

「但是這個證據太薄弱了吧？」如果這段時間有人也買了一樣的筆，不就無法讓周羽菲認罪？

「所以我跟妳說，昨天我去了學校附近的那間書局，這種筆因為銷路不是很好，已經沒有進貨了。」她露出像偵探般自信滿滿的表情。

「妳居然做到這種地步……」我開始有點佩服她了。

「大膽假設，小心求證。」程子荻揚起下巴，一臉得意，「而且我覺得只要拿著課本跟這張紙條過去找周羽菲對質，她一定會嚇到一時反應不過來，無法再狡辯。怎麼樣，要不要揭穿她？」

我想了想，還是說：「暫時先不要吧。」

「又不要！柴小熙妳轉性啦？變得這麼佛心！」程子荻哼了聲。

「不是啦，我想到妳昨天一個晚上為我做這麼多事，就覺得好像沒那麼生氣了。」

而且其實從一開始，我就沒有很生氣。

因為不是只有我一個人去翻垃圾，不是只有我一個人看見課本被畫得體無完膚，有人主動幫我去別班借課本，現在又有人幫我找出證據……

這一切一切，是我以前完全無法想像的。

我一直覺得自己一個人也沒關係，但是有人幫助我時，卻令我如此開心。

「幹麼啦！妳突然這麼說好噁心！」程子荻吐了吐舌頭，從袋子裡拿出四本課本遞過來給我。

「就丟掉就好了呀。」

「不是妳的課本啦，這些是我哥的。」

「妳哥的？」

「我回家跟他說妳課本被亂畫，他好像很驚訝，說妳男友怎麼沒保護妳。」程子荻竊笑，「然後我還沒開口，他就自動找出這些課本，要我帶到學校給妳。」

「可是你哥今年不是高三了嗎？」我看著程子又的課本，覺得拿不下手。

「妳可能眞的沒有關心過我哥吧，他的成績一向非常傑出，我想，就算沒有這些課本，他也可以考得很好。」程子荻掐著手指，「而且他也快要考試了，要念早就念完了啦！沒差。」

沉甸甸的袋子裡，裝著程子又的心意，那份心意令我感到沉重。

這是我第一次有這種感覺，明明以前我總是對他的付出視而不見，不是嗎？

程子荻好似看出我的猶豫，輕拍了我的大腿兩下，就從抽屜裡找出國文課本，說等會兒要考注釋，她要來抱佛腳。

孟尙閎從後門走進教室，他書包還沒放下就先朝我走過來，「柴小熙，妳還有東西不見嗎？」

「我還沒檢查。」我邊說邊低頭檢視抽屜，「應該沒有吧。」

「那就好，如果再有東西不見，不如就把妳的東西都放在我抽屜裡。」他用不小的音量說。

我瞪大眼睛，程子荻也從書裡抬起頭朝他瞥去，班上其他同學頓時來了興趣，起鬨著問他是怎麼回事。

「柴小熙的課本被人故意藏起來，還被亂畫，這種陰險的事情發生在我們班上還眞叫人心寒。」孟尙閎的表情很嚴肅。

「眞的假的啊？所以昨天柴小熙才會翻資源回收桶？」有幾個人開始討論。

周羽菲和張家宣兩個人握緊雙手，頭低得不能再低，倒是正在和戴昀茜對答案的蕭念絜，一點也不心虛，還惡狠狠地瞪著我。

「蕭念絜，妳有事嗎？」讓我意想不到的是，孟尙閎居然直接對她這樣說。

「我？」蕭念絜沒料到會被點名，先是一愣，但她也不是省油的燈，直接站起來大聲說：「我有怎樣嗎？」

「妳看什麼？」他的聲音聽起來很冷。

「看一下都不行？」

兩人的對話火藥味濃厚，連我都感到一絲緊張，連忙站起來勸孟尙閎：「不要這樣。」

他似乎不打算理會我，繼續對坐在好幾張桌子之外的蕭念絜說：「妳那種眼神可不叫看一下。」

「什麼？」蕭念絜猛拍了桌子一記，氣得站起來，戴昀茜立刻拉住她的手。

有趣的是，張家宣和周羽菲根本不敢過去，繼續待在自己的座位上不發一語。

「不要吵了，是發生什麼事了嗎？」戴昀茜一臉憂心。

「沒事，哪有什麼事。」沈品睿突然從後門冒了出來，笑嘻嘻地勾著孟尙閎的肩膀，附在他耳邊低聲說：「男生不要插手，你這樣會讓小熙的處境更爲難啦。」

「但——」孟尙閎還想說什麼，我也拉住他的手腕，輕輕搖頭，孟尙閎見狀，便深吸一口氣，轉身回座。

「好啦，沒事啦，今天不是要考數學和國文嗎？大家還不把握時間念書？」程子荻適時站起來發話收場，教室總算恢復安靜。

坐下以後，程子荻對我擠眉弄眼，臉上露出半是驚訝半是讚賞的表情，伸手指了指孟尙閎，豎起大拇指。

我看著坐在窗邊的孟尙閎，內心有種情緒正在翻騰，那是開心、興奮？還是緊張、害怕？

我還分辨不出那種情緒是什麼，就朝程子荻用力點了點頭。

孟尙閎的行爲雖然魯莽，可能會讓我被欺負得更慘，可是我卻覺得挺身而出的他，十分帥氣，比起他昨天去幫我借課本的那個背影，還要更加帥氣。

於是這場風波算是暫時揭過，程子荻說她還是要把課本留著當證據，以防萬一。我眞心認爲她未來可以朝徵信社或是警調方向發展。

下午的時候，孟尚閎又跑到我座位旁邊對我說：「要是再發生類似的事情，記得告訴我。」

其實我很高興。

「不用特別告訴你吧，我可以自己解決。」只是我說出來的話依舊是這麼不給面子。

果不其然，孟尚閎看起來有些生氣。

程子荻倒是笑得很開心，她對孟尚閎說：「柴小熙一定會這麼回答的呀，不然你奢望她乖乖說『我知道了』嗎？」

「我明天把家裡的櫃子搬過來好了。」孟尚閎說的話讓我瞪大眼睛。

「什麼櫃子？」程子荻問。

「一個方形的櫃子，櫃子上有門，還可以上鎖，」他邊說邊用手比畫出櫃子的大小，「這樣就不怕柴小熙的東西再被拿走了。」

程子荻嗤之以鼻，「孟尚閎，你不是很聰明嗎？怎麼提出了一個蠢方法？」

「這方法哪裡不好？鎖起來就拿不走了！」孟尚閎微微漲紅了臉。

「白痴喔，那櫃子要放哪裡？」程子荻又說，還轉頭徵求我的意見。

「嗯，是啊，那櫃子能放哪兒？」我忍不住笑了起來。

孟尚閎只是默默瞅著我們兩個，然後嘆著氣走出教室。

哦，當然，在與孟尚閎交談時，我又明顯感受到那些喜歡孟尚閎的女生的眼神，例如咬牙切齒的周羽菲，以及假裝在和別人聊天卻不時偷瞄過來的戴昀茜。

「話說回來，孟尚閎最近好像很關心妳，難道你們真的……」程子荻露出曖昧的壞笑。

「不要亂說。」我推了她一下。

「孟尚閎不錯啊。」她回推了我一把。

「妳幹麼啦？」我再推了推她。

「沒幹麼呀，只是跟妳說一下。」她也笑吟吟地又推我。

和同性友人親密地聊著感情話題，是我從來沒有過的經驗，覺得很煩，但同時又有點高興。

來到三淵之後，我體驗到了許多新鮮的事情與情緒。

是不是應該感謝，當時在聖中被謠言煩擾到受不了，索性選擇轉學的我呢？

回家後，那女人還在咳嗽，臉色依舊很差，更令人訝異的是，爸爸比我早回到家裡，正在照顧她。

「妳回來了啊，晚餐想吃什麼呢？」爸爸問我。

「我自己去買就好，你……」我瞥了眼一臉憔悴病容的她，忽然間什麼風涼話都說不出來，「你們要吃什麼？」

那女人隱隱露出訝異的神情，而爸爸卻眼睛微微一亮，「我們已經吃過了，早上我有煮稀飯，還是妳也要吃稀飯？」

「不用了，那我去外面吃。」我的目光往廚房桌上一掃，沒有藥包，看樣子那女人沒去看醫生。

有夠沒有常識的，如果是流感怎麼辦？

出了公寓，我去捷運站租了腳踏車往那間咖啡廳騎去，夜晚的空氣帶著一絲冰冷的氣息，遠遠地，我看見窗戶透出溫暖燈光的咖啡廳。

咖啡廳裡的年輕女人見我出現，很是訝異，趕緊送上熱茶。

「原來妳是高中生。」她端詳我身上的制服，「我以爲妳大一了呢。」

「我看起來這麼老嗎？」

「老？怎麼會，是成熟，況且大一生也才十八、九歲，一點也不老好嗎？」年輕女人格格地笑著，「今天想吃什麼呢？妳在這個時候過來眞難得。」

「嗯，就義大利麵吧。」我東張西望，「妳男朋友今天不在？」

「他剛好離開，等一下就回來了。」她笑了笑，接著伸出右手，「而且前一陣子，他已經從男朋友變成老公了。」

我微微挑眉，吐出一句淡淡的祝福：「恭喜。」

「哈哈，我懂，向不熟的人道喜，感覺有點奇怪，會覺得好像不關自己的事，但還是謝謝妳的祝福。」她的笑容絲毫不做作。

而我注意到她的戒指並不是一般的戒指，好像是手工製作的，戒座鑲嵌的也不是鑽石，看起來像是藍色寶石，但定睛細瞧就會發現，那只是塑膠。

年輕女人注意到我的目光，脫下戒指放到我掌心上，讓我看得更清楚。

「這是他自己做的？」

「是呀，我們買不起昂貴的鑽石。」她面露微笑，「所以他依照我最喜歡的東西，做了一個他認爲符合那東西的戒指。」

「妳最喜歡什麼？天空？」

她搖頭，「是海洋，有人魚公主的海洋。」

我嗯了聲，將戒指還給她，而她丈夫正巧在這時回到店裡，只是同時也有好幾位客人上門，兩人連忙上前招呼，我則拿起書架上的書隨意翻看。

「下次再來。」

用過餐，要從店裡離開的時候，年輕女人照例對我這麼說，她手上的手工戒指一點也沒有閃閃發亮，然而她的笑容卻像陽光般燦爛。

「下次見。」我對她微笑。

回家路上經過藥局，我思索了一陣，決定進去買一盒感冒藥。

到家時，那女人已經躺在臥房裡休息，爸爸正在浴室洗澡，我把感冒藥帶回自己的房間，一直到爸爸輕敲房門問我是不是回來了，我還是沒將感冒藥交給他。

睡夢中，依稀可以聽見那女人的咳嗽聲。

孟尙閦提議要把他家裡的櫃子搬來學校給我放東西時，我其實認爲這個方法還不錯，雖然也想過如果對方把整個櫃子都搬走怎麼辦，又覺得應該不至於這麼誇張吧。

但隔天一到學校，我才知道我還是想得太簡單了。

我抽屜裡所有的東西都不見了。

應該說，我整張桌子都不見了。

連桌子都可以搬走，何況區區一個櫃子，孟尙閦的方法一點都不牢靠，我一定要跟他抱怨這件事。

回到桌子被搬走這件事，這實在太令人震驚，我的白眼都快翻到火星去了，學校這麼大，是要我去哪裡找？

惡毒三人組眞是乖沒有幾天，果然孟尙閦的多嘴，讓她們的行徑更加惡劣。

正當我還在思考要怎麼辦的時候，張家宣顫抖著走過來，我沒好氣地瞪她一眼。

「怎樣，妳的兩個同伴不在嗎？」

「這、這不是我做的……我才不敢這樣……」她的眼睛裡都是淚水，「我不知道是她們兩個誰做了，可是眞的不是我……」

我很懷疑她的說詞，「妳喜歡沈品睿，他從頭到尾都沒有對這件事發表意見，所以妳怎麼可能會收手？」

「我很瞭解沈品睿……他越是笑著表現出不在乎的樣子，其實心裡越在乎，連孟尚閎都難得發脾氣，更別說是沈品睿……我只希望他喜歡我，不是要他討厭我。」張家宣說著說著，還眞的掉下眼淚。

她說哭就哭，著實讓我詫異，幸好現在還沒什麼人到教室，不然乍看之下還以爲是我欺負她。

「那我問妳一件事，小說是妳拿走的對吧？」

她大驚，隨即用力點頭，「我可以還給妳，我只是想要擁有一樣他的東西，只是這樣……」

我嘆氣，「算了，無所謂。」

「我不想跟妳道歉，可是……」

「不想就算了，不用勉強。」我擺擺手，「所以桌子最有可能被放到哪裡去，妳知道嗎？」

「一定是在空教室裡面……」她忽然臉色一變，急匆匆地回到自己的座位上。

我探頭朝窗外看了一眼，原來是蕭念絜和周羽菲，她們兩人背書包、提早餐，沿路說說笑笑朝教室走來。

張家宣不敢讓她們知道她跟我有接觸，我完全能理解，沒怎麼放在心上，對我來說，還是先想辦法找到桌子比較重要。

環顧教室裡其他剛到校的同學，照理來說，一定是比我早進教室的人才有機會把我的桌子藏起來。

但是也可以先來把桌子藏好，再背著書包出去買早餐，裝作比我還晚進教室，所以不能用這點來判斷。

我將書包放在椅子上，直接走出教室，硬是從蕭念絜和周羽菲兩人中間走過，還故意用力撞了她們一下。

「搞什麼鬼！沒有長眼睛啊？」蕭念絜怒斥。

「抱歉，我眼睛看不見髒東西。」我態度自在地露出微笑，不理會她們的謾罵，逕自往樓梯間去。

如果是空教室的話，一定就是專科教室了。

排除使用率比較高的音樂教室、家政教室、實驗室等，其他專科教室每天都至少會被使用一次，而且把我的桌子搬到專科教室裡去放，應該很容易被察覺不對勁，因爲這些教室裡的課桌椅明顯不一樣。

或許，應該從其他地方找起。

我停下腳步，轉往地下室走去，我記得那邊堆了一些多餘的課桌椅，有句話說，要藏起一棵樹，就要藏在森林之中。

所以要藏課桌椅，當然就是藏在那裡。

站在要步下地下室的樓梯口，我忽然覺得有些害怕，就算是大白天，地下室也顯得陰暗，而且平時沒什麼人會過來，四周一片安靜，讓人心裡無端想像出許多恐懼。

嚥了嚥口水，我告訴自己沒什麼好怕的，便一步步慢慢拾階而下。

我打開門，在牆壁上摸索，按下電源開關後，眼前頓時一亮，地下室裡的課桌椅堆積如山，不過擺的還算整齊。

我繞了一圈，終於在某個角落找到一張眼熟的桌子，彎腰往抽屜裡一看，裡面都是我的東西。

啪！

忽然間燈光熄滅了，我嚇得忍不住驚叫。

碰——

門被重重關上的聲響，讓我心頭一慌，想衝到門口，可是眼前一片漆黑，我找不到正確的方向，只能跌跌撞撞地前進。

越是著急，腳步越快，突然，膝蓋重重撞上桌腳，尖銳的疼痛像滲入骨髓，我雙腿一軟，坐倒在地。

該死！膝蓋好痛，這裡又好暗……

黑暗會使人恐懼。

「小熙——快說妳會選擇我！」

女人的尖叫聲在腦中響起，我慌了。

「不要逼她，她只是一個孩子！」

「逼她？是我在逼她？難道不是你嗎？難道不是她嗎？」

「妳不能帶走小熙，她是我的女兒。」

「柴先生，她是『我們』的女兒！」

男人與女人的爭吵聲異常清晰。

黑暗之中，我的眼前浮現出三個模模糊糊的人影，背景像是我家客廳，而爸爸、「媽媽」、還有那個女人正在爭吵。

那女人只是一直在哭，而「媽媽」則是憤怒地摔東西、不斷辱罵，並詛咒著一切。

爸爸護著那女人，幾乎要下跪懇求「媽媽」簽字離婚。

「我這輩子都不會離婚，這輩子都不會成全你們！」

「媽媽」尖叫著，聲音像要刺破我的耳膜。

這是眞實的記憶，還是因爲恐懼黑暗而產生的幻覺？

爸媽離婚的時候，我年紀那麼小，怎麼可能保有當時的記憶？

不行，再這樣下去我會發瘋。

我努力站起來，張開雙手，摸到成堆的桌椅，我往左慢慢移動，終於觸碰到牆壁，沿著牆壁慢慢往前，很快就摸到電源開關。

按下開關，地下室瞬間大放光明，尖叫聲和幻影統統消失無蹤，我喘著氣，發現自己滿身大汗。

上課鐘聲響起，我努力轉動門把，使勁拉開，卻發現大門被人從外面用鐵鍊銬著，還用鎖頭鎖上，這會不會太誇張了！

憑我的力量不可能拉開鎖鏈，所以我無奈地放棄，走回角落，先把自己的桌子搬到門邊，然後拉過一張椅子坐下。

我的手機放在書包裡沒帶出來，就算把手機帶在身上，地下室也收不到訊號，幸運的話，應該很快就會有人發現我在這裡，如果不幸，頂多需要等到打掃時間，也會有人過來。

把我關在這裡的目的是什麼？讓我恐懼？還是逞一時之快？

我的書包留在教室裡，桌子又不見了，程子荻一定會發現不對勁，就算程子荻愚鈍到極致，孟尙閎和沈品睿也必定會察覺有異。

我不奢求張家宣會仗義地去和他們說，但我相信他們會來找我。

這麼一想，我忽然放心了不少。

在不知不覺中，我變得如此依賴他們了嗎？

看了看手錶，我被關在地下室將近四十分鐘了，四周靜得出奇，彷彿可以聽見自己的心跳，甚至是塵埃飄落的聲音……

開玩笑的，當然聽不到那種聲音，但這裡真的安靜到令人不安。

除了黑暗之外，悄無聲息的靜謐有時也會讓人感到恐懼。

我忽然想到，如果真的要等到打掃時間才會有人過來，那不就表示我得一個人待在這裡好幾個小時，頓時，莫名的畏懼爬滿全身，我忍不住衝向門邊，用盡全力拍打門板。

「救命啊！有沒有人在外面？我被鎖在裡面了！」我失控大叫，越來越害怕，在這偌大的空間裡只有我一個，只剩我倉皇的聲音不停迴盪。

這個世界只剩下我一個人，這個地方只有我一個人，不要遺棄我、不要丟下我。

「不要把我關在這裡！媽媽——」

我捂住嘴巴，剛才我說了什麼？

一陣急促的腳步聲從門外傳來。

「柴小熙！妳在裡面嗎？」孟尚閎的聲音在門外響起。

黑暗的世界裡彷彿照進了一道光亮，我立刻大喊：「我、我在裡面，幫我開門，救命啊！」

我用力拍著門，非常用力。

快救我出去，救我出去。

我不要待在這裡，不要一個人待在這裡！

「到底是誰把妳鎖在這裡的！」孟尙閎推開門，我從門縫中瞥見他滿頭大汗用力拉扯鐵鍊，一臉氣急敗壞。

「不要哭！」他對我吼。

「我沒有哭！」都什麼時候了還在凶我！

「我已經找到妳了，不要怕。」孟尙閎呼出一口很大的氣，彷彿是要自己冷靜下來，「但是我要想辦法打開這個鎖，妳可以一個人再待在這裡一會兒嗎？我馬上回來。」

不要！

不要丟我一個人，不要離開我。

「好。」但我還是勉強自己這麼說。

孟尙閎透過窄小的門縫看著我的眼睛，大手從有限的縫隙伸了進來，「握住我的手，柴小熙。」

平常我一定會拒絕，但此時，我卻想都沒想就握住了他，碰到他炙熱的掌心時，我才發現自己渾身顫抖，指尖也因爲緊張而泛白。

「我在這裡陪妳。」孟尙閎改變了決定，語氣平靜地說。

「可是……」

「沒關係，反正程子荻和品睿也在到處找妳，之杏也是，他們遲早會找到這兒來的。」他用力捏緊我的手，「我們兩個在這裡等，總比妳一個人好。」

瞬間，無邊無際的恐懼全被他的話驅逐，我不再顫抖，彷彿方才的惶恐根本不曾存在過。

「柴小熙，把眼淚擦一擦，我不習慣妳這種脆弱的模樣。」

「我……」

他鬆開我的手，摸了摸我的臉，我才注意到自己眞的淚流滿面。

我何時哭了？我眞的這麼害怕？

「妳的桌子在裡面嗎？」孟尙閎粗魯地用大手擦掉我的淚水。

「嗯，在這邊。」我側身讓他看我的桌子，他的手則再度牽起我的手。

「誰藏的？蕭念絜她們三個？」他面色一沉。

「我不知道，但應該不是張家宣。」我把事情經過轉述給他聽。

「妳一進去，門就被關上了嗎？」

「原本我的桌子被放在角落，我走到那裡時，燈先被關掉，下一秒門也被關上了。」

「所以妳沒看見對方是男是女？」

我搖頭。

孟尚閎沉思了一下後說：「對方在這裡等妳來，很明顯是有預謀。」

「她們竟然這麼恨我，還把我關在地下室。」我深吸一口氣，「但我不會被這種事情擊倒。」

「柴小熙，依賴我們一點好嗎？難道就不能等我們到學校以後，再陪妳一起找嗎？」他看起來很生氣。

「我不想麻煩你們，課本的事情已經……」

「這不是麻煩！我心甘情願。」他吼，卻又連忙改口，「我是說，我們心甘情願。」

我覺得呼吸忽然變得灼熱，和他牽著的手有點麻麻的，好像有什麼東西沿著掌心慢慢爬上肌膚，讓我坐立難安。

抬起頭，孟尚閎正盯著我看，我更加不自在，可是卻無法移開視線，彷彿能從他的瞳孔中看見我的倒映。

孟尚閎開口：「柴……」

「會不會在地下室？」

他的話被打斷，我們不自然地各自別過頭，孟尚閎咳了一聲，才高喊：「我們在地下室，快點下來！」

一連串紛沓的腳步聲越來越近，我從門縫中看見沈品睿、程子荻跑在前面，後頭跟著之杏和康以玄。

「什麼啊！我們四處奔波找人，你們在這裡甜蜜手牽手！」沈品睿滿頭大汗地抱怨。

我和孟尚閎才意識到彼此的手還牽在一起，我臉一紅，立刻抽開手。

「你們看這個。」孟尚閎一手叉腰，另一手指著那條鐵鍊。

「幹，太誇張了吧，哪來的鐵鍊？」沈品睿嘖了聲。

「那應該是鎖住頂樓入口的鐵鍊吧，我早上有發現鐵鍊不見了。」康以玄靠過來。

「所以你剛剛蹺課去頂樓？」之杏聞言皺眉。

康以玄一派輕鬆，「難得頂樓沒鎖，當然要上去看看。」

「不要講這個了，這鎖要怎麼打開？」程子荻面露驚慌，「天啊，柴小熙，妳被關在這裡多久了？」

「大概五十分鐘吧。」雖然只過了五十分鐘，我卻覺得像被關了三天。

更令我害怕的是，在黑暗中我不自覺脫口而出的那句話。

「不要把我關在這裡！媽媽——」

「找找看有沒有斧頭，直接把鎖劈開好了。」沈品睿一副認眞的樣子，不像是在開玩笑。

「不用，我有萬能鑰匙。」康以玄一邊說，一邊從口袋掏出像是兩條鐵絲的東西。

「你連這種東西都有？你連開鎖都會啊！」沈品睿的語氣竟帶著七分讚歎。

「康以玄！」之杏怪叫。

康以玄神祕一笑，蹲在鎖頭前面，將兩根鐵絲戳入鑰匙洞中，架勢十足，誰知道他下一秒就站起身來，把鐵絲一扔。

「開玩笑的，我不會開鎖。」

「都什麼時候了，還開玩笑！」之杏在孟尚閎出手前，先出掌打了康以玄一記。

「我看大家太緊張，緩和一下氣氛罷了。」康以玄聳聳肩。

看不出來，他是個冷面笑匠。

「不會就閃開。」孟尚閎皺眉。

「我是不會開鎖，不過我發現一樣好東西。」康以玄朝另一個方向走去，從我的角度看不見他在幹麼。

過一會兒，他回到我的視線範圍內，手中多了一個大鐵剪刀。

「哇！你從哪裡找來的？」沈品睿又驚呼。

「就在旁邊。」他將鉗嘴對準鐵鍊，兩手用力一壓，鏗鏘一聲，鍊子和鎖頭掉在地上，孟尚閎趕緊把門打開。

那瞬間，我覺得沉沉壓在心上的某個東西消散了。

我被困在這裡，而他拉開了門，將我帶出去。

霎時，我眼眶一熱，淚水悄然滾落。

「唉唷，不要哭啦！」程子荻一邊拉住我的手，一邊輕拍我的肩膀，「回教室前要把眼淚擦乾知道嗎？不能讓那些臭婊子看見妳哭喪著臉！」

我用力點頭，眼淚仍不斷沿著頰邊滑落。

之杏遞了衛生紙過來，我抬頭看她，她的表情有種說不上來的怪異。

她對我笑了笑，笑容中竟有幾分淒楚，「你們班上喜歡尚閎的女生都有嫌疑，小心一點。」

「那有嫌疑的人還滿多的，不過我大概有底了。」程子荻說。

之杏點點頭，「康以玄，快點回去上課了，你不准再蹺課喔。」

「盡量。」康以玄痞痞地回。

康以玄跟著之杏上了樓梯，而程子荻回頭對兩個男生說：「你們幫小熙把桌子搬回教室，我要先帶她去洗把臉。」

「遵命！」沈品睿調皮地彎腰敬禮。

在樓梯間，程子荻已先替我擦乾眼淚，然後她拉著我走到廁所裡。

第二堂上課鐘響完至今，至少已過了五分鐘。

洗過臉之後，我審視鏡子裡的自己，看起來沒有剛才那麼慘了。

程子荻從口袋裡拿出眼線筆遞過來，「要不要畫內眼線，比較有精神。」

「不用了。」我立刻拒絕，「你們怎麼都出來找我了？」

「什麼話，當然要出來找你，書包在，人卻不在教室裡，連桌子也不見了，怎麼想都太詭異了好嗎？」程子荻用力搖頭，「我打電話給妳，結果妳的手機也留在書包裡。我才不像妳那麼笨，自己行動，我立刻打給孟尚閎，他和沈品睿當時在早餐店，十分鐘內就趕到教室了。」

聽完程子荻一連串的敘述，我又覺得想哭，「謝謝你們。」

「不用道謝，這是應該的。」程子荻揉揉鼻子，「話說，妳有頭緒嗎？」

「只能確定不是張家宣。」

「看來接下來要留心觀察了，這次就先以不變應萬變吧。」她瞪我一眼，「下次不准再自己解決，兩個人一起行動總比一個人落單安全！」

「嗯，好。」她和孟尚閎說的話幾乎一樣，我忍不住微微勾起唇角。

原本打算以靜制動的我們，一踏進教室，卻發現班上同學各個神情怪異，眼神有意無意地瞄向孟尚閎，又看向我們，連講台上的老師也是如此。

而孟尚閎坐在位子上，面色陰沉，不發一語。

程子荻傳訊息給沈品睿，問他剛才教室裡是不是發生什麼事，怎麼會連老師看起來都像被嚇到一樣。

程子荻看完沈品睿回傳的訊息後，把手機朝我遞了過來。

「孟尚閎剛剛當眾發飆，說『對柴小熙做出這種事的小人最好別被抓到，動柴小熙就是動我們三個』之類的，把我和妳也算進去了。」

沈品睿的回覆讓我心臟一抽，看向孟尚閎冷峻的側臉，想起剛才和他牽手感受到的溫度，整張臉瞬間燥熱了起來。

第八章

為了找我，孟尚閎、沈品睿等人上課時間在校園裡四處奔走喧譁，加上後來孟尚閎又在教室對全班發飆，引起老師的關切，所以我被找去問話。

師長問我知不知道是誰把我鎖在地下室，我只能搖頭，我是真的沒看見那人是誰。也因為這件事，校方下令將地下室的鐵門上鎖，不讓學生隨意進出。

班上同學議論紛紛，猜測犯人到底是誰，連戴昀茜都在開班會的時候特別提及此事，並痛斥這麼做的人很不應該。

蕭念絜和周羽菲第一個跳出來為自己澄清。

「我們雖然不爽柴小熙，但絕對不會做這樣的事情！對不對，家宣？」

她們尋求張家宣的聲援，張家宣卻緊咬下唇，沉默不語，目光閃過一絲懷疑。

張家宣的態度讓她們感覺被背叛，惡毒三人組因此分裂。

事情已經過去了好幾天，但我偶爾還是會夢見被關在地下室，像個無助的小孩一樣拍門哭喊，而且夢中的我身高比實際上矮多了，連個頭也像小孩。

這個夢境代表什麼意義？難道幼年的我也曾被關在某個房間裡嗎？

我想問爸爸，但總開不了口，加上那女人病還沒好，她已經連續咳了兩個禮拜。

「妳沒看醫生嗎？」我終於忍不住，直接在餐桌上問她。

聽見我勉強像是關心的詢問，她顯得十分訝異。

「已經去看過了。」她說。

這好像是多年來，我們第一次平心靜氣地好好對話。

「咳嗽總是要花比較久才會痊癒。」爸爸更是高興，笑意堆滿了臉。

受不了這樣的氣氛，我回房間拿了書包就要去上學，眼角餘光瞥見放在桌上的感冒藥，那是我當時想買給那女人……也不是，只是放在家裡，以防萬一罷了。

走出房門，爸爸正巧在穿外套要出發去上班。

「小熙，要不要爸爸送妳去學校？」

「不用了，我自己去就好。」我把那盒感冒藥收進家中專門放置藥品的抽屜，發現裡頭有一罐咳嗽藥，是爸爸的朋友之前從日本買回來的。

鏘啷一聲，在廚房的那女人居然打破了杯子，眞是難得，印象中，她從來沒打破過任何杯碗。

「如果不舒服就好好躺在床上休息，妳還很虛弱。」爸爸把碎玻璃都清理乾淨之後，站在玄關前親暱地對女人說。

我把咳嗽藥放在桌上，然後也跟著出門。

「小熙。」

忽然，那女人叫了我，我回頭看她。

「路上小心。」她的神情不太自然，但還是說出了這句關心。

「嗯。」

我只是輕輕應了聲，似乎就讓她非常高興。

這是怎麼回事？

爲什麼她會有那樣的表情？

她明明很討厭我啊！

而且，當我終於正眼看她時，才發現她好瘦小，看起來弱不禁風。

她是這樣的女人嗎？

帶著疑惑，我來到學校，這次桌子和抽屜裡的東西都安然無恙地待在原處，椅子也在。很好。

只是……我的椅子上多了一個人。

「小熙，要吃早餐嗎？」沈品睿一屁股坐在我的座位上吃漢堡，芝麻掉了滿桌。

「你爲什麼不在自己的位子上吃？」

「我怕妳來了，一個人會寂寞。」沈品睿嘴邊沾著一抹番茄醬。

「好噁心，走開啦！」程子荻背著書包出現。

「好吧，妳們這些惡毒的女人。」沈品睿邊埋怨邊回到窗邊的座位。

其實我是知道的，自從上次被關在地下室後，他們三個就不再讓我落單，總是跟在我身邊，也因爲如此，我心裡踏實很多。

而在我殷切懇求之下，學校也沒有把這件事情告訴我父母。

下午第一堂課上完後，孟尙閎和沈品睿聚集到我桌邊聊天。

「誰的手機在震動？」孟尙閎忽然問。

「嗯？好像有聲音呢。」沈品睿雙手放在耳朵邊聽。

「柴小熙的吧。」程子荻拍拍我的桌子。

「眞的耶……」幾乎沒有人會打電話給我，所以我沒有意識到是我的手機，低頭一看，螢幕顯示是那女人的來電。

她打電話給我幹麼？

該不會早上我對她的態度才好一些，她現在就要跟我說一些有的沒有的吧？

「不接嗎？」孟尙閎問。

「不了，不接。」鈴聲湊巧在此時停歇，我查看了下，有兩通未接來電，都是那女人打的，十點多一通，剛才又一通。

上課鐘響起，所有人陸續回座，我把手機收進抽屜，覺得有點怪異。

這幾年來，那女人主動打電話給我的次數有沒有超過五次啊？

什麼超過五次，她根本不曾打給我啊，怎麼今天就打了兩次？

難道是爸爸怎麼了嗎？

我心一驚，馬上拿出手機打給爸爸，他卻沒有接，於是我又打往家裡，居然也無人接聽。

雖然很不想，現在只能回撥那女人的手機，但這次……她沒有接電話。

這是怎麼回事？

我咬著指甲，正焦慮時，手機突然震動起來，我嚇得差點將手機摔在地上，詭異的行爲大概引起程子荻的注意，她的目光朝我掃來。我對她擺擺手。

定睛往手機螢幕一看，是未知來電，趁老師還沒進教室，我連忙接起。

「喂？」

「小熙，我是爸爸。」

我大大鬆了口氣，爸爸沒事，那就好了。

「嚇死我了，爸，剛才那女……爸，你怎麼了嗎？」他的聲音聽起來既焦慮又緊張。

「妳阿姨……從樓梯上摔下來，昏迷不醒……」

那女人摔下來？

「她早上出門，在山坡上的石頭階梯跌倒……她現在在醫院裡……」爸爸哽咽著說完，接著是長長的沉默。

「爸，我在上課。」我不知道該說什麼，只能吐出這幾個字。

「……妳怎麼能如此冷靜？」爸的聲音變得有些暴躁。

「那我要說什麼？我在上課啊！」我頓了頓，才又壓低音量說：「剛才是你用她的電話打給我嗎？你的手機呢？」

「我急忙趕到醫院，手機放在車上，現在妳阿姨的手機也沒電了……我知道妳和阿姨處得不好，但是妳還要折磨她多久？都這種時候了，妳就不能放下成見，過來醫院見見妳的家人嗎？」

面對爸爸的質問，我倒抽一口氣。

爲什麼又變得像是我的錯一樣？

逼走媽媽的是誰？

淚水在眼眶中凝聚成一層薄霧，我顫抖著對電話那頭的爸爸說：「我在上課。」

這四個字說完，眼淚掉了下來，滴落在制服裙上。

結束通話前，爸爸報了醫院的地址和病房號碼，要我下課就去醫院，但我才不要去，爲什麼我要去看那女人？

那是她的報應！

一整個下午，爸爸沒有再打電話來，我也假裝這件事沒發生過，該做什麼就做什麼，只是難免有些心神不寧，去廁所的時候沒有留意，被周羽菲伸出的腳給絆倒，好在及時扶住牆面，才沒有跌在地上。

沒料到周羽菲乖沒幾天又開始找麻煩，是該找她理論，但此刻我卻一點跟人吵架的心情也沒有。

我記得家裡附近的山坡石階非常陡，雖說高度不高，但一路滾下石階，肯定傷得不輕。

爸爸說她陷入昏迷，那她是不是有撞到頭？如果撞到頭，不就很危險嗎？

爲什麼那女人會在那裡摔下來？

我記得早上出門的時候……啊，那時候她還在咳嗽，她已經病了一段時間，大概是體力不支吧，走起路來有些搖搖晃晃的，甚至還打破杯子。

出門前，我刻意放在桌上的那罐咳嗽藥，她有沒有看到？看到以後應該會吃吧？咦？那咳嗽藥有副作用嗎？該不會吃了以後會昏昏欲睡吧？但就算是這樣，也不太可能讓她走到一半忽然陷入昏睡，然後失足摔下樓梯吧？

怎麼可能……

「喂！柴小熙，妳到底在想什麼？」孟尙閎的手又在我面前揮舞了。

「咦？」我回過神來，環顧四周，居然已經放學了。

「她一整個下午都在發呆。」程子荻一邊收東西，一邊看了下手錶，「喂，你們今天有要幹麼嗎？」

「怎樣？」沈品睿手指仍敲著手機螢幕。

「我有幾張咖啡廳的招待券，要不要去看看？我哥說那邊還不賴。」程子荻拿出招待券，原來就是程子又推薦我的那間咖啡廳。

「我知道這間店，氣氛跟餐點都很不錯，我很喜歡。」我說。

「柴小熙都推薦了，那一定很優。」孟尙閎笑著說。

「那就去吧，反正也沒事。」沈品睿聳肩。

「咦？等一下，上面寫星期三公休耶。」程子荻仔細讀著招待券後方的小字。

「失算。」沈品睿又提議：「不然我們去電動遊樂場吧！」

「我不去那種環境複雜的地方。」程子荻蹙眉搖了搖手。

「妳那是偏見，那裡很單純好嗎！尚閎，要不要去？」

「可以啊。」孟尚閎看著我問：「妳呢？」

「哦，去啊，當然去。」我扯了扯嘴角。

「妳要去喔？那邊感覺龍蛇雜處欸！」程子荻不敢相信我竟會答應。

「雜個頭，那邊很安全啦，不是妳想像的那種地方，遊樂場也有分好嗎？」沈品睿搖頭，「不想去就不要去啊，又沒求妳。」

「幹麼這樣說話！去就去啊！」程子荻用鼻子哼氣。

於是我們四個人一起離開學校，途中，我的手機又響過兩次，都沒有顯示來電號碼，大概是爸爸用公共電話打的。

手機第三次響起，則顯示是爸爸來電，看來他回車上拿手機了。

「不接電話？」上了公車以後，站在旁邊的孟尚閎問我。

「不接。」我將手機放回口袋。

孟尚閎狐疑地看著我，但沒再多問。

下車後，程子荻提議要不要先吃點東西，沈品睿表示今天家中沒人，所以沒問題。孟尚閎則說要打電話回家說一聲，我也點頭答應。

難得下課之後，還可以聚在一起吃晚餐。

走進速食店，點完餐找到位子坐下，才咬下一口漢堡，手機又開始響了，我索性將它收進書包裡。

但手機不斷震動，聲音大到連程子荻都皺了眉頭，忍不住開口：「柴小熙，妳手機不接嗎？」

「不接。」我說。

他們三個面面相覷。

孟尙閎嘆了口氣：「怎麼回事？」

「沒事。」我秒答。

「別裝了，妳一下午心不在焉。」沈品睿邊說邊從我的餐盤拈走一根薯條。

「連周羽菲都可以把妳絆倒，就知道妳心神不寧得有多嚴重了！」程子荻跟著附和。

「絆倒？她們找妳麻煩到這種程度？」孟尙閎壓低眉峰，臉上浮現出不悅。

「是啊，都被不知名人士關進地下室了！女生很狠的，不過以前柴小熙都會反擊回去，今天大概是傻了，一點反應都沒有。」程子荻一邊說，一邊也伸手拿我的雞塊，被我打了一下手。

「喂！妳爲什麼打我？」她怪叫，手上還是抓著雞塊。

「還說，把雞塊給我放下。」

「沈品睿也有拿妳的，爲什麼只罵我？」她裝可憐，還是不肯放下雞塊。

「雞塊和薯條不一樣。」見她就是不鬆手，我只好直接把她的手抓過來，張口咬下雞塊。

「啊！妳差點就咬到我了！」程子荻驚叫，其他桌的客人紛紛看過來。

「小聲一點啦，吵死了。」沈品睿罵她的同時，不忘又抽走一根薯條。

「爲什麼要一直拿我的東西吃？」我沒好氣地說，這才注意到除了我以外，他們幾乎都把餐點吃完了。

「反擊？她有在反擊嗎？反擊到被關在地下室？」孟尙閎又生氣了。

「那不一樣，那是被暗算。」我解釋，而且又不知道犯人是誰，要怎麼反擊？

「難道不是周羽菲她們嗎？」孟尙閎雙眼微瞇，感覺有把火在眼底燒。

「我覺得不是。」程子荻搖頭。

「我也覺得不是，周羽菲和蕭念絜應該屬於『直接來』的類型，她們之前不也說過自己不會那樣做，我其實相信她的說法喔。」沈品睿還以之前在籃球場上體育課時，她們三個明目張膽朝我丟球爲例。

「那會是誰呢？」程子荻食指輕輕抵著下巴，看向他們兩個，「追根究柢，還不是因爲你們兩個一直跟柴小熙說話，才會弄成這樣。」

「我們也有跟妳說話，妳卻都沒事，該不會妳才是幕後主使者吧？」沈品睿笑著迎向她的視線。

「白痴，我怎麼可能做那種事！」她用力往沈品睿的手臂一捏。

「柴小熙，妳一直在心神不寧什麼？」孟尚閎定定地看著我，「還有，妳被人欺負爲什麼都不告訴我？」

他目光如炬直視著我，我一時不知道該怎麼回答。

「其實還好啦，她們不至於敢對柴小熙動手動腳。」程子荻見孟尚閎神色有些嚴肅，趕緊打圓場。

「都絆倒人了還沒動手動腳啊？」

「這……」程子荻小心翼翼看了沈品睿一眼。

「好啦，不是說了，女生的事我們別插手，反正現在已經有特別留意了，小熙如果眞的應付不來，會跟我們說的。」沈品睿跟著插話，以緩和氣氛。

但孟尚閎卻像是餘怒未消，冷冷地看著我，「妳會說嗎？」

「我自己應付得來。」我低聲答。

「妳看！」孟尚閎臉色一變，「妳最好應付得來！」

奇怪！我是被欺負的人欸，爲什麼好像是我做錯事一樣，居然要挨罵？

而且這本來就是我自己的事，他幹麼這麼在意？

「好啦好啦，放心啦，蕭念絜她們三個只是愛耍心機，也不是什麼大壞人，女孩子之間爭風吃醋，應該不至於做出太誇張的事……」程子荻說。

忽然我的手機又響了，震動聲大到無法忽視，孟尚閎深吸一口氣，說：「所以柴小熙，到底是發生什麼事？爲什麼妳一直不接電話？」

「……一些家務事。」我囁囁嚅嚅。

「怎麼了？也許我們可以幫上忙？」程子荻好心道。

「我……」

「雖然我們不該干涉妳的家務事，可是小熙，別忘了妳之前曾跑來我家，問了一堆我家的私事喔！」

沈品睿竟在這時候提起這個？而且我根本沒有一直問問題，都是你自己講的好嗎？

「對呀，我們也曾經到空橋上交換過情報，不能光聽別人說，卻不肯說自己的，這社會沒有那麼好混！」程子荻豎起食指輕輕搖晃，嘴巴還發出嘖嘖聲。

如果只有這兩個人，不論他們如何威脅利誘，我都不會說，但可怕的是孟尙閎，他聽到我被絆倒已經很生氣，現在他問我，我若還堅持不說，感覺他會氣到翻桌。

眞怪，我以前不怕男生生氣的。

「我家的……一個人從樓梯摔下來，住院了。」

「摔下來？樓梯？是怎樣的樓梯？」頓時程子荻比我還緊張。

於是我形容了一下那道樓梯，三人臉上都浮現憂心之色。

「聽起來很嚴重欸，那妳還不去醫院嗎？」沈品睿問。

「不了，沒有必要去看那個女人……」

聽到我這麼說，他們三個同時一愣。

孟尙閎眯起眼睛，「什麼意思？」

算了，與其迴避不答，不如直接把話講清楚。

「我和我爸，還有一個阿姨一起住，我和阿姨沒有很好。」我聳聳肩，盡量講得雲淡風輕，「所以我認爲沒有必要去看她。」

「是後母嗎？」程子荻問。

「不算吧，我對她的記憶比我媽還多。雖然我還很小的時候，她就住在我家，但我和她一直都不親，大概是沒有血緣關係的緣故吧。」我冷笑一聲。

「絕對不是血緣的緣故。」孟尙閎忽然斬釘截鐵地說，又問：「她有欺負妳嗎？」

「沒有，就只是一起生活，家裡一切都是她打理的。」我拿起一根薯條，卻沒有放進嘴裡。

「那爲什麼會和她不親？」孟尙閎追問。

我怎麼知道爲什麼!?就是和她親近不起來啊！還需要什麼理由？

我咬著下唇回想，那女人對待我的態度其實不到惡言相向，畢竟我對她向來也沒好臉色，嚴格說起來，同在一個屋簷下多年，我們倒也算相安無事。

但我對她，就是有一種奇怪的、根深蒂固的討厭。

「她……是我爸的外遇對象，後來我媽離開了，她就進門了。」

我的話說完，現場頓時陷入一陣尷尬。

看吧，爲什麼要逼我說出來？有些話是不好說的，一出口就會搞得大家都不知道如何是好。

「但是妳說對她的記憶，比對妳媽媽還要多，不是嗎？」孟尙閦首先打破沉默。

「是沒錯。」

「妳因爲媽媽而討厭她這點我可以理解。那這些年來，妳有見過妳的親生媽媽嗎？」

他的話讓我啞口無言。

自我懂事之後，我的確沒見過我的親生母親，坦白說連她長什麼樣子，我都記不得了。

「我認爲妳應該去醫院看她，不論如何，她都是跟妳一起生活這麼久的家人，光憑這點，妳都該去探望她。」孟尙閦雙手環胸。

我低著頭不發一語，雙手用力捏緊了制服裙。

程子荻見狀，立刻堆起笑臉說：「不要講這種事情了，不是要去遊樂場嗎？走吧走吧！」

「程子荻。」孟尙閦語氣嚴肅地明示程子荻別插話。

「孟尙閦，你有你的想法，小熙有小熙的考量，不要勉強別人！」她挺起胸膛，

「反正現在，我們就去遊樂場！」

她拉著我就要站起來，我緊捏裙子的手還沒來得及鬆開，孟尙閦大概是瞧見了，抓了抓後腦杓，也默默起身，不再對我窮追猛打。

「遊樂場就在旁邊，走吧。」沈品睿拿起書包，難得他沒開玩笑，卻也不對這件事

發表意見。

我們四個就在詭異的氣氛下往遊樂場走去。

沈品睿換了一疊代幣，跟我們稍微介紹一下遊樂場的環境。

「反正和我們待在一起，就比較不會被奇怪的人搭訕，那邊也有拍貼機，很受女生歡迎，妳們要去拍嗎？」

我們朝沈品睿說的方向看去，果然有幾個女高中生站在那裡排隊，不過我和程子荻都對拍照不感興趣。

「我想玩賽車！」程子荻剛才一直推托不來，進到遊樂場卻比我還興奮。

「好啊，那我們去玩那個。你們兩個也要玩嗎？」沈品睿點點頭，轉頭問我和孟尚閎。

「不了，柴小熙，我們去玩射擊吧。」孟尚閎提議。

「那就暫時各玩各的，等一下再在這裡集合。」沈品睿說完，就領著程子荻到賽車區。

「那我們去那邊吧。」孟尚閎對我說。

我忽然覺得有些緊張，這好像是被關在地下室那天後，我們第一次單獨相處。

射擊機台被布置成鬼屋的樣子，看來遊戲主題是射擊鬼怪。孟尚閎將一把槍遞給我，投入四枚代幣。

「對準跑出來的鬼，扣下板機就可以了，偶爾會有人類跑出來，不要射錯了。」

我是第一次玩遊戲機，點了點頭，也開始興奮起來。

這遊戲比我想像中的還要簡單，我們兩個配合得很好，我幾乎可以肯定我們準確打中了每一隻鬼，雖然也不小心錯打幾個人類，但成績應該很不錯。

遊戲快要結束之前，孟尚閎忽然問：「妳父母在妳幾歲的時候離婚？」

「我可以不回答嗎？」

「嗯，盡量不要。」

還有這樣子的？

「我不記得了，但我就是知道那女人是小三，她和我爸外遇，逼走我媽。」

「但是從妳有記憶以來，與妳朝夕相處、照顧妳長大的是小三，不是妳親媽媽。」

孟尚閎擊中最後一隻鬼，將槍插回機台放好，「我無意冒犯，但血緣其實沒那麼重要。」

「我討厭爸爸的背叛。」我咬著下唇，感覺心中升起一朵烏雲。

「但理性地想，妳爸爸並沒有背叛妳，他背叛的是妳根本沒有記憶的媽媽。那我就不懂了，爲何妳要爲一個幾乎像是陌生人的人，而去討厭另一個辛苦拉拔妳長大的女人呢？難道只因爲那個陌生人和妳有血緣關係？」

「孟尚閎，這不關你的事！如果你的感情觀念是這樣，那我們很不合。」我將槍摔向機台，轉身就要離去。

他卻一把拉住我的手，聲音透露著笑意，「什麼？妳剛才那句話很奇怪，感情觀念和我們合不合有什麼關係呢？」

「這……」我一愣。

「又不是要談戀愛，朋友之間感情觀念不合也沒差吧。」他眼裡閃過一絲促狹。

我用力甩開他的手，「反正不要你管！」

「我只是希望妳換個角度想一下，不要爲了反對而反對，結果讓自己看不清楚最重要的事。」孟尚閎又牽起我的手，輕輕搖晃，「不要讓上一代的恩怨拖累妳，妳也不會因爲原諒小三，就對不起妳的親生媽媽。」

這句話宛如鐵鎚般重重敲擊在我心上。

我忍不住想，一直針對那女人的眞正用意，到底是什麼？

是爲了有記憶以來就沒再見過面的媽媽？還是不想輕易原諒爸爸的背叛？

「欸，在幹麼？爲什麼要牽手呀？」從另一台遊戲機裡走出來的沈品睿和程子荻，一看見我們牽著手，馬上不懷好意地起鬨。

尤其是程子荻，她那種曖昧的目光，比沈品睿的出言調侃更令我不自在。

「才沒有牽手。」我再次甩開孟尚閎，他聳聳肩，總算沒不識相地再牽上來。

「所以剛才我們有錯過什麼事嗎？」沈品睿的八卦魂熊熊燃燒。

「還是在講同一件事，我要她去醫院見後媽，她不肯。」孟尚閎擺了擺手。

呿，孟尚閎和沈品睿之間還眞沒有祕密是吧？

「喔。」沈品睿點點頭，隨即指向某一台遊戲機，「啊，那個好讓人懷念，要不要玩？」

「桌上曲棍球呀，好啊，來玩吧！」程子荻躍躍欲試。

他們兩個二話不說，立刻投入代幣，上場廝殺起來，我和孟尚閎則站在一旁觀戰。

過沒多久，見他又想開口，我連忙制止他。

「我不想再聽了。」

「唉，我不是要詛咒或怎樣，但妳換個方式想，如果這是最後一面，妳真的不會後悔？」

「什麼最後一面，我爸在電話裡沒有說得那麼嚴重。」我呸了好幾聲，這麼不吉利的話他也能說出口。

「人與人的緣分可以很深，也可以很淺，珍惜所有的相遇，遠比憎恨還好。」

我沒回話，只是看著沈品睿將球盤直直射入程子荻的球門中，她發出一聲慘叫，彎腰拿起掉落的球盤，接著用打擊器撞擊球盤，在桌台上迂迴前進，也奪回一分。

中間不管孟尚閎再說些什麼，我都不理他，等到這一局結束，我馬上自告奮勇表示也要玩。

沈品睿點頭：「來吧！這次我可不會再輸了！」

「說不定柴小熙比我還強。」程子荻將打擊器交給我。

我很小的時候也曾玩過這個，我記得當時與我對戰的是爸爸，而我身後有另一個大人抱著我，我小小的手握著打擊器上的圓把，在桌面上胡亂揮舞，爸爸笑得很開心，而那女人也很開心——

我瞬間一愣，球盤直直落入我負責防守的球門。

「Yes－得一分！」沈品睿興奮大叫。

「妳恍神耶，柴小熙。」程子荻雙手叉腰。

我回以一笑，彎腰撿起球盤。

記憶如潮水般忽而湧入腦中。

我曾和那女人以及爸爸一起在類似遊樂場的地方玩，我當時年紀很小，不確定那時候爸爸跟媽媽離婚了沒。

因爲一直分神思索這些事情，我根本無心比賽，屢次讓沈品睿拿下分數。

「欸，小熙，妳是不是忘記我們有打賭？」沈品睿看著計分面板。

「哪有？剛剛可沒有說。」

「不是這場比賽，是更之前說的。」他朝我一笑，「世界上有沒有眞愛呀，不是要證明給彼此看嗎？」

我斜眼覷他。突然說這個要幹麼？

沈品睿再次投入代幣，球盤從我這邊掉出來，我撿起來放到桌上。

「所以？」我冷笑一聲，用力將球盤一推，準確地往沈品睿疏於防守的球門射去。

「妳第一次得分呢。」孟尙閎語氣平淡，雙手叉腰，微微的怒氣還未從臉上消退。

「所以現在是怎樣？」我用力將手上的打擊器往台面一摔，老大不爽地看著他們兩個。

「妳媽媽住院了，爲什麼不去看她呢？」孟尚閎千篇一律還是那句老話。

「我說過了，她不是我的媽媽！」我雙手緊握，指甲陷入掌心之中，咬牙切齒地說：「她是我爸爸的小三！我爲什麼要去看那種女人！」

我的話讓他們兩個挑了挑眉，相視一眼。

程子荻搖頭嘆氣，「你們兩個很奇怪，爲什麼堅持要她去醫院？柴小熙有選擇的權力吧，你們又不清楚她發生過什麼事情，說不定後媽欺負過……」

「那女人沒有欺負過我。」蕭念絜對待我比那女人還過分一百倍。

那女人會煮飯、整理家務，雖然沒有好臉色，可是事情做得一絲不苟。

我生病的時候，她會進我房裡幫我換額頭上的毛巾，卻被我冷言冷語趕了出去；她幫我準備便當，我從來不帶；不過聽到我一句類似關心的話，她臉上的表情就像快哭出來一樣。

那女人對我不是不好，只是我從不接受。

沈品睿將球射到我的球門之中，接著說：「如果我贏了，妳就去醫院看她。」

「爲什麼我要——」

「到了現場，妳如果眞的不爽再罵她不就好了？不管怎樣，還是該去醫院一趟！」

孟尚閎忽然又吼。

他眞的很煩！

相較之下，沈品睿還是掛著笑臉，再次將球盤推進我這邊的球門，「我要向妳證明世界上有眞愛，眞愛有很多種形式。」

程子荻微微一愣，咬著下唇，卻不多話。

她曾說過，沈品睿不相信眞愛。

「去吧，柴小熙。」所以她馬上倒戈，難道她以爲沈品睿向我證明眞愛存在，就能讓他自己也相信眞愛嗎？

孟尙閎拿起放在一旁的外套和書包，直接往我懷裡一塞。

「去醫院看看她和妳爸爸，這就是我向妳證明眞愛確實存在的例子。」沈品睿笑嘻嘻地說。

「你們又不知道他們的爲人、不知道發生過什麼事，爲什麼能用他們向我證明眞愛存在？」我把頭悶進外套裡，看不見沈品睿和孟尙閎的表情。

「能爲了外面的女人離婚，這還不是眞愛嗎？」沈品睿這句話聽起來很諷刺，他接著又說：「但我要拿來向妳證明的不是這個……算是賭一把吧。」

「別說那麼多了，走吧。」孟尙閎取走我的外套，然後拉著我的手替我穿上，又把書包背帶掛上我肩膀。

「走去哪兒？」我感到莫名其妙。

「醫院，我跟妳去。」孟尙閎平靜地說。

「爲什麼？」我瞪大眼睛。

「因為妳一個人不會去。」沈品睿雙手環胸走到我身邊，接著拍了拍孟尚閎的肩膀，「讓他陪妳去吧！」

「你呢？」孟尚閎問。

「哦，那種親情洋溢的場面不適合我，你懂的。」沈品睿搖頭。

程子荻擰著眉頭，表情泛著淡淡的哀傷。

孟尚閎沒說什麼，拉著我的手就往遊戲場外走。

忽然來到陽光之下，我覺得有些眩目，睜不開眼睛，孟尚閎的手勁卻突然變得用力，不容我反抗似地，將我往捷運站的方向拉。

捷運列車駛離月台的嘈雜聲響以及隨之揚起的陣風都讓我不安，想要逃離的衝動湧上心尖，但孟尚閎緊捉著我的手腕不放。

「那女人不值得我去。」我的聲音已透出壓抑不住的顫抖。

孟尚閎沒有回話，可能是周圍人群的噪音太多，他沒有聽見，所以我提高音量：「那女人不喜歡我，我去了只是熱臉貼冷屁股！」

「為什麼她不喜歡妳？」

「我不是說了，她是小三，而我是正宮的女兒，不只沒有血緣關係，連身分都令人討厭！誰會疼愛丈夫前妻的小孩？」這些話第一次脫口而出，但說了並沒有獲得解脫，反而得到快讓我窒息的痛苦。

孟尚閎靜靜地望著我，他的手從我的手腕滑至手掌心，與我十指交扣，堅定又溫暖，熱度順著掌心蔓延上我的心房，讓我好想哭泣。

「何必說那些令人寂寞的話呢？」他的聲音好輕好輕，輕到彷彿就要飄散在風中，「愛和血緣沒有關係，愛是經由相處累積產生的。」

「孟尚閎，我不寂寞，也不是因爲負氣才故意說這種話，那女人對我……一點也……」

不重要。

不知怎麼的，我說不出這三個字。

「我知道，我知道。」孟尚閎的聲音雖輕，卻清晰地傳進我的耳裡。

下一班列車駛進月台，門一打開，車廂裡的乘客魚貫步出。有一兩滴眼淚從眼角滑落，趁著人群擁擠，我立刻側過頭胡亂擦掉。

也許孟尚閎還是注意到了，他握緊我的手，再次用輕柔的聲音說：「我在這裡。」

就像那天在地下室那樣，他帶著光亮出現，解救了困在黑暗中的我。

「上車吧，柴小熙。」他扯動嘴角，唇邊掛著一抹我摸不清含意的微笑。

第九章

站在那女人的病房前，我的手心全是汗水，雙腳彷彿有千斤重，怎麼樣都抬不起來，身上的每一個細胞都在叫囂著想要轉身逃離。

「不要逃。」孟尙閎握住我的手，我焦慮到忘了他就在身邊。

「你可以走了。」我下逐客令。

「不，我跟妳進去。」

我一愣，他跟我進去要幹麼？

「趕鴨子上架。」他還說了個自以爲好笑，卻很貼切的比喻。

「我見到她要說什麼？」我握緊他的手，覺得自己手汗直冒。

「很簡單呀，問她沒事吧？有沒有好一點？或是妳最擅長的，面無表情不說話。」

他模仿了我的表情。

「我才沒有這麼醜。」他面癱的神情讓我有點想揍他。

「妳也知道這個表情很醜啊？」

「我是說你醜。」

「眞過分，我只有在小時候身材比較圓潤的時候，被人說過是醜胖子，升上國中以後，幾乎沒有人說我醜了呢。」

我忍不住上下打量他，身材高大、體格標準的孟尚閎，居然也會被人嘲笑是醜胖子啊，這種話還眞過分。

「下次給我看你小時候的照片，從嬰兒時期就要喔。」

「嗯……我只有上了小學以後的照片。」孟尚閎微微一笑。

「這麼小氣，不想給我看喔。」

他只是聳聳肩，沒多作回應，托他的福，我覺得心情放鬆不少。

「那……我們進去吧。」我深吸一口氣，敲了兩下門後，直接推開。

映入眼簾的是正要走過來開門的爸爸，他看起來憔悴萬分。

「妳終於來了……」爸爸的聲音相當沙啞，我頓時有些後悔自己這麼晚才來。

「小熙……過來了嗎？」

那女人的聲音從病床的方向傳出，和她平日的聲音完全不同，聽起來非常虛弱，我心中不由得一緊。

「我……」我呆立在門口，一句完整的話都說不出來。

把門完全推開，爸爸這時才注意到有個男生陪我一起過來，訝異全展露在臉上。

隨後，他的視線往下，定定地看著我們十指交握的手，我趕緊把手從孟尚閎的手心裡抽出。

「他是……」我支支吾吾地想介紹孟尚閎。

「先進來吧，站在這裡阿姨看不見你們。」爸爸對我們招手。

我和孟尙閎互望一眼，才踏進病房。

「還有誰來嗎？」阿姨氣若游絲地說。

「小熙帶了男朋友過來。」

「不是男朋友，他是……」話還沒說完，我就被躺在床上的她給嚇到了。

那張臉腫了一大圈，頭部纏上厚厚的紗布，並用網狀繃帶罩住，而脖子上也套著護頸圈，左腳還打上石膏。

傷勢怎麼會這麼嚴重？我幾乎認不出那是她。

「叔叔、阿姨你們好，我叫孟尙閎，是柴小熙的同班同學。很抱歉，讓她這麼晚才來醫院，我們幾個朋友不知道阿姨發生意外，硬是拖柴小熙和我們一起去玩。」孟尙閎禮貌地露出笑容，把我刻意耽擱的事全攬到自己身上。

爸爸和阿姨互換了一個眼神，雖然阿姨的雙眼腫脹，但我還是察覺到她眼裡一閃而過的訝異。

「你們幾個人一起出去呀？」爸爸也難掩驚訝。

「我和小熙，還有另外兩個朋友。原本大家想一起來探望阿姨，可是小熙說怕來太多人會打擾到阿姨休息，所以今天先由我當代表。」

孟尙閎這一連串的話，我跟爸爸他們都是第一次聽到。

「謝謝你們……」阿姨的聲音斷斷續續，她居然哭了，「小熙，謝謝妳來看我。」

一切都讓我不知如何應對。

她是因爲受傷躺在病床上，所以才變得脆弱容易掉眼淚？所以才對我的到來感到開心？是因爲這樣沒錯吧？

「不要哭了。」爸爸坐在床邊，輕拍阿姨的手。

我自始至終就只是杵在原地，看著阿姨掉眼淚。

後來爸爸說時間太晚了，要我先回家，他已經跟公司請假，明天會待在醫院陪阿姨。

我脫口說明天也會過來，阿姨聽了又開始哭。

「妳阿姨……和妳說的完全不同。」離開醫院時，孟尙閎若有所思地說，「而且妳爸跟妳阿姨好像很訝異妳有朋友？」

「我從以前就不會帶朋友回家。」

「是不會帶，還是沒朋友？」他的笑很欠揍。

我鼻頭一皺當作回應，但該說的話還是要說：「今天謝謝你了。」

「嗯，有沒有覺得還好有過來？」他淡淡地點點頭。

事情的發展如此不可思議，讓我意料不到。

「可能吧。」來到公車站牌，我仰頭看他，「這裡有班公車直達我家，你要搭捷運吧？」

「是沒錯，不過我可以陪妳等到公車來。」孟尙閎手插在口袋，身體斜靠著公車亭。

凝視孟尙閎的側臉，我突然想問他一個問題。

「孟尙閎。」我將目光停在公車亭中的路線圖，假裝不經意地隨口問起：「你有幾個姊姊？」

「哦？」他的聲音聽起來似乎很開心，像小孩子藏起玩具終於被發現的樣子，「三個。」

我勾起嘴角，「孟之杏、孟夕旖、孟千裔？」

「妳只看過一次，就把三個名字都記下來了？看來妳不是記憶力很好，就是很在意這三個名字。」他故意調侃我。

我不慌不忙地應道：「或許吧。」

「……什麼？」

我側過頭看他，嘴角帶著淺笑，「或許我也挺喜歡你。」

「什、什麼？」孟尙閎難得瞪大眼睛。

不知道是不是我的錯覺，他的臉頰似乎泛起了一絲可疑的紅色，「妳這樣犯規喔。」

「犯什麼規，我話還沒說完。我也喜歡沈品睿，最近也喜歡上程子荻，甚至連張家宣都有點喜歡了。」

每個人都有可愛與可恨之處，但我們這個年紀的人，是能可恨到哪兒去？只要身上可愛的成分一多，所有人看起來都是好的。

「這樣還是犯規啊！」孟尚閎嘆了口好大的氣，嘴裡碎念，說被我擺了一道，「之前妳還說之杏喜歡我呢，現在一想，有沒有覺得自己很蠢？」

聽聞此言，我不禁苦笑，我還是覺得我的猜測沒有錯。

如果眞如孟尚閎所說，愛的發生與血緣無關，而是經由相處產生，那之杏喜歡他也不無可能。

血緣也許不能阻擋愛的發酵，卻能成爲阻擋愛的理由。

所以孟之杏才會把這份愛藏在心中，卻又不小心表現出來。

「她很愛你，這點絕對沒有錯。」我說。

「我也很愛她。」孟尚閎露出欣慰的微笑，似乎很感謝這一切。

我不再多說，愛是如此深遠複雜，我能理解的還太少，不論孟之杏對孟尚閎的愛，除了親情以外，是否還參雜了愛情，對我而言都不重要。

因爲能夠得到愛，已是令人喜悅的奇蹟。

如此簡單的道理，我卻到此刻才忽然想通，我好想大聲叫喊，宣洩內心滿溢的情緒。

一切如此簡單。

愛，如此簡單。

隔天放學後，我準備去醫院，原本還打算跟我多聊幾句的孟尚閎，得知我是要去醫院，便點點頭表示加油，然後約了沈品睿去吃冰。

「這麼冷的天氣吃冰？而且你們還記得下禮拜就要期末考了嗎？」程子荻皺了皺眉。

「那妳要不要吃？」沈品睿問。

程子荻立刻舉手說：「要！」

「那還抱怨！」沈品睿哈哈大笑。

「妳自己一個人去可以？」孟尚閎問我。

「放心，我不會逃避了。」

況且我真的很在意阿姨的反應。

還有我一直假裝忽略的那些問題——就是爸爸說的那些讓我摸不著頭緒的話，以及我記憶中的種種矛盾之處。

我總不能一直逃避，不能永遠不去面對。

昨天，看見阿姨以那種悽慘的模樣躺在病床上時，我赫然發現，要是我沒去醫院，要是阿姨真的怎麼了，我確實會後悔一輩子。

所以離開學校後，我直奔醫院，路上順便買了一袋蘋果，我記得阿姨都會在客廳桌上擺著一籃蘋果，所以我知道她喜歡吃蘋果，這點跟我一樣。

「小熙，妳來了呀。」爸爸眼底下掛著濃厚的黑眼圈，但精神比昨天好些。

「嗯，爸你回家休息一下，洗個澡，我會在這邊等你過來。」我邊說邊把蘋果放到一旁的小桌上。

「妳眞的願意在這裡陪我嗎？」阿姨發出微弱的聲音。

過了一天，她眼睛的腫脹消退許多，我能清楚看見她眼底的不敢置信。

「嗯，我願意。」於是我說。

瞬間，阿姨又哭了，爲什麼我只是好聲好氣對她說幾句話，就能讓她如此失態？

爸爸輕按阿姨的手臂，而她抽抽噎噎地說：「小熙，這代表……妳原諒我了嗎？」

我一時語塞，看她和爸爸對我投來殷殷期盼的目光，我腦中一片空白。

「爲什麼妳和爸爸都要我原諒妳？好像把責任都推到我身上一樣？」我緊捉著裙襬，擠出這幾句話。

他們卻面面相覷，臉上滿是疑惑。

爸爸問：「小熙，妳不記得了嗎？這是妳說的啊。」

「我從來沒有說過這樣的話。」一點印象也沒有。

病房內陷入一片沉默。

他們兩個不像在說謊，這到底是怎麼回事？

想暫時從這場沉默中逃離，我拿起蘋果走至洗手台清洗，再走回病床畔，拿起桌上的小刀準備削蘋果。

「讓我來吧。」阿姨對我伸手，我看著她包裹著厚厚紗布的雙手，對她搖頭。

「妳阿姨不喜歡吃蘋果，妳知道嗎？」爸爸忽然說，這讓我一愣。

「可是……家裡總是有蘋果。」

「因爲妳喜歡吃，小時候準備蘋果泥給妳吃的時候，妳最開心了。」阿姨露出笑容，那是我見過最溫柔的微笑，我從來不知道她能有那樣的表情。

我用力放下手中的蘋果與刀子，顫聲問：「這一切是怎麼回事？我那些片段零碎的記憶是眞的嗎？到底什麼才是眞相？」

「小熙，妳怎麼了？」爸爸走到我身邊，伸出大手，笨拙地輕拍我的背。

我指著床上的阿姨，「她是你的外遇對象，這一點是眞的，對吧!?」

他們相互看了幾秒，兩人的眼神都很複雜。

爸爸吐了一口氣：「也許妳已經大到可以知道一切……」

我握緊雙拳，強迫自己一定要聽，但全身的顫抖卻抑止不了，彷彿下一刻就會吐出來。

「給我一分鐘……一分鐘就好。」我用力搖頭。

說完立刻背起書包往病房外跑，一直跑到走廊底，我拿出手機，指尖顫抖著按下孟尚閎的名字。

撥號的嘟嘟聲響沒有多久，孟尚閎便接起電話。

「怎麼了？」他的聲音溫暖又堅定，讓我緊繃的心弦鬆懈下來，好像又回到那天，他打開地下室大門緊握住我的手的時候。

「孟尚閎，對我說聲加油好嗎？」我發現自己在哭，聲音聽起來好無助，我需要他成為我的支柱。

「不管是什麼事情，妳都有能力面對的。」孟尚閎溫柔的話語像溫熱的毛毯緊緊裹住我，「加油，柴小熙。」

我的心情好複雜，既覺得自己好沒用，又覺得自己很勇敢。

我在電話這頭失聲哭泣，孟尚閎卻什麼也沒問，只是靜靜地陪伴著我。

大約過了五分鐘，我向孟尚閎道謝，掛掉電話，擦乾眼淚，走回病房裡。

爸爸和阿姨面色焦急，他們可能以為我不會回來了，我沒特別解釋，只是拉過椅子坐下來，表示自己準備好了。

爸爸望著我，開始娓娓述說陳年往事。

「妳阿姨她……我們從大學時代就開始交往了。」爸爸語重心長，「我們曾說好暫時不結婚，只是維持穩定的男女朋友關係，直到我三十歲那年，我遇見了妳媽媽。」

「什麼？」

「那一切都是惡夢，是我的錯，僅只那麼一次，妳媽媽懷孕了。」爸爸坐在床沿，雙手抱頭，神情痛苦。

躺在病床上的阿姨伸手輕輕拉了拉爸爸的衣角，爸爸抬起頭，給她一個苦笑，反握住她的手。

「妳媽媽懷孕了，已經超過三個月，她要求跟我結婚。我向妳阿姨坦白一切，彷彿只要坦承錯誤，我就輕鬆了，是否可以獲得原諒不是我能決定的事，不論最後是哪一種結果都是別人要做出選擇，我暫時得以喘一口氣，但妳阿姨卻因此痛苦不堪。」

「我和妳阿姨分手了，再度和她重逢時，妳已經三歲了。我見到妳阿姨，知道她過得並不快樂，尤其當她對我說還愛著我的時候，我實在沒有辦法忘掉我和她那些過去。」

「所以妳成了爸爸的小三？」我問阿姨。

阿姨苦澀地微勾唇角：「誰才是第三者呢？我們都是彼此感情中的第三者。」

「爲什麼？爲什麼願意愛得這麼卑微？」我不敢置信。

「當愛到沒有能力主動離開這個人，也沒有能力叫對方離開，就只能接受一切。愛情有時候像宗教一樣，那種信仰旁人無法理解，純粹來自於個人。」

好蠢、好愚笨。

這種幾乎賠上了一生的戀愛。

「爸爸，爲什麼你……」

「我曾經想過，願意用任何東西換回那段時光，讓這個錯誤不要發生，但是妳——小熙，妳的存在是我爲這整件荒唐的事情找到的唯一理由。」

事情發展到最後，媽媽發現爸爸又重新和阿姨聯絡上，甚至維持著情侶關係，媽媽用我當籌碼，威脅爸爸不准離開。

可是爸爸不願意再次放開阿姨的手，他要求與媽媽離婚，但他也想要我的撫養權，媽媽不肯，爸爸爲此而陷入猶豫。

媽媽把當年才三歲的我關在沒有開燈的房間裡，不管我怎麼哭喊，她都置之不理。媽媽要讓我變得沒有安全感，變得只會哭喊著要找她。

在攤牌的時候，媽媽甚至失手打了我一巴掌，要我選擇和她在一起。

當爸爸發現媽媽苛待我時，他再也受不了，一狀告上法院，法官不僅判准離婚，也爭取到我的撫養權。

從此，我就跟著爸爸和阿姨一起生活，也許是當時的年紀太小，我彷彿失去那段記憶，還以爲阿姨是我的媽媽，我們曾擁有一段非常幸福快樂的日子。

一直到我升上小學，發現家裡的戶籍謄本上有另一個女人的名字，才像忽然醒過來一樣，自行拼湊出事情的輪廓，認定阿姨是破壞我家庭的元兇。

我在家中歇斯底里狂叫，把自己的親生媽媽塑造成悲劇角色，阿姨的笑臉與一舉一動，在我眼裡變得虛僞至極，她所做的種種都讓我感到噁心。

然而阿姨卻依舊把我照顧得無微不至，這讓我更加不高興，總是對她惡言相向。

「妳才不是我媽媽，不要裝成一副是我媽的樣子，我知道妳不愛我，我永遠不會原諒妳趕走我眞正的媽媽，妳再怎麼對我好，都只會讓我想吐！」

年紀尚幼的孩子竟說出如此惡毒的言語，讓阿姨萬分心碎，所以她開始在我面前掩飾自己眞正的心情，用另一種方式表達對我的愛。

講訴這段往事時，阿姨臉上始終掛著溫柔的笑容，雖然許多都是將近二十年前的回憶，但必定對她造成莫大的傷害，她怎麼可能已經釋懷？

「妳眞的一點也不恨我？」每次看著我，難道不會讓妳想到爸爸的背叛？

阿姨搖頭，「我很愛妳。」

「妳怎麼有辦法愛我？」在我眼眶裡打轉的眼淚終於落下。

我的存在，應該時時提醒著妳，爸爸曾經背叛的事實呀！

「因爲我愛妳爸爸，所以我也愛妳。」她堅定地說，眼神誠懇眞摯。

我忍不住崩潰大哭。

這份愛不需要以血緣爲依存，阿姨單單因爲深愛著爸爸，就能愛他的一切。

眞相一一揭曉。

爸爸當年傷害了一切。

而我，卻因此獲得了最眞的愛。

得知真相的那晚，我意外地一夜好眠，我的親生媽媽如今身在何處，我已不想再深究。

或許她也曾很愛我，或許她也很痛苦，或許她只當我是留住爸爸的籌碼，但這一切都不重要了。

這幾年，陪著我長大的是阿姨和爸爸，我該珍惜的是和他們朝夕相處的時光，而不是執著看不見的血緣關係。

媽媽曾經用力搖晃著我的肩膀，問我要選誰。

年幼的我哪會知道什麼是選擇，而我當時有做出選擇嗎？

我記不起來，而這也永遠不會有答案。

這件事情總算告一段落，當阿姨出院回到家中，寒假都要過完一半了，家裡的氣氛忽然轉變，讓我們三人一時有點不知道怎麼應對。

至少我現在會努力不要一吃完晚餐就回房內，而是坐在客廳裡削水果，並且吃完。

這時我才忽然想到，阿姨未曾讓我做任何家事，這該不會又是另一種寵愛我的方式？只是我從來沒有發現，或者是我從來沒有這麼想過。

二年級下學期，課業壓力越漸繁重，大概因爲這樣，班上壓惡我的女生不再那麼針對我了，可惜平靜的日子過沒幾天，某天孟尙閎的一項舉動，彷彿讓一切又捲土重來。

事情的經過其實也沒什麼，就是上體育課考投籃時，孟尙閎和沈品睿鼓譟著要我加油，到這邊都還好，偏偏孟尙閎卻多嘴喊了一句：「認眞的女人最美麗。」

這句話讓沈品睿和程子荻哈哈大笑，但那些喜歡孟尙閎的女生們可不覺得好笑。

於是蕭念絜和周羽菲這兩人又開始針對我了，幸好還沒有做出太出格的事，大概只會在經過時故意撞我一下，但程子荻卻比我還要生氣。

「我一定要把課本帶來學校跟她們對質，讓她們啞口無言！」

「妳居然還留著。」我眞佩服她的毅力。

「當然，那是證據耶！」

「什麼證據？」戴昀茜從後門進來，正巧聽見我們的對話。

「沒什麼，不關妳的事啦。」程子荻擺擺手，瞥見戴昀茜手上抬著一把椅子，「妳椅子壞掉了嗎？」

「嗯，所以剛才申請了鑰匙，去地下室換了一把。」

「地下室規定鎖起來也好，不然太危險了。」程子荻捏了捏我的臉頰，「要是又有像妳一樣的白痴被關到裡面，那還得了呀！」

「那不是我的錯吧！」我也朝她的臉頰捏回去。

戴昀茜在一旁呵呵笑，「是呀，要是大門又被鐵鍊綁住，那眞的很可怕呢。」

此話讓我和程子荻同時一愣，戴昀茜抬著椅子回到她的座位上，而我和程子荻互相交換了眼神。

「妳知道我在想什麼嗎？」

「剛剛的……」

我們兩個不約而同站起來往教室外面跑，來到那所謂「沒有人」的空橋，站定之後，我們相視大笑。

「沒有想到會自爆，怎麼回事，妳覺得她自己有發現嗎？」我哈哈大笑。

「妳當時哭得要死，我實在不該這樣笑，可是連妳都笑得這麼開心了。」程子荻朝我的背用力一拍，笑得非常誇張。

整間學校彷彿迴盪著我們的笑聲，在中庭打球的幾個男生抬頭往我們這兒看，我們卻依舊開懷捧腹，笑到不能自己。

的確全校都知道我被鎖在地下室，但沒人知道當時大門是被鐵鍊鎖起來，唯一知道的只有我們幾個，以及做出這件事的犯人。

「沒想到戴昀茜這麼陰險，妳招惹她什麼了？」笑累了，程子荻兩手搭在欄杆上。

「我沒招惹她，不過她喜歡孟尚閎。」

「眞的假的啦，這麼多人喜歡孟尚閎喔？」程子荻搖搖頭。

「應該是因爲這樣，才對我不滿吧。」我點點頭，接著我們兩個再次放聲大笑。

「話說回來，犯人是戴昀茜我也不意外。」程子荻聳聳肩。

「但我以爲她是個很有正義感的女孩子，之前她還在講台上出言制止妳欺負我呢。」我用手肘頂了頂她。

程子荻卻翻了個大白眼。

「眞正有正義感的人，會在全班面前說『子荻，妳的脾氣和可愛的外表不相稱我們都明白』這種話嗎？柴小熙，妳比我想像的天眞太多，妳只是假裝對一切不在乎，但其實妳單純得要命！從妳清理垃圾那麼認眞，又分類又清洗的，我就知道妳是個好女孩。」程子荻用力搖頭，「我想我哥一定也是看見了妳這一點，才會這麼喜歡妳吧。」

所以程子荻現在對我是褒是貶？

「不是都說第一印象很準嗎？但現在看來，在我們身上，第一印象並不適用。」程子荻手拄著頭，圓圓的眼睛對著我笑，那模樣俏麗無比，是我所見過最美麗的女孩。

「我同意。」我點點頭，與她會心一笑。

人與人之間的交往，就算沒有美好的開始，就算經歷過爭吵、誤會，結果仍有可能是好的。

「所以怎麼辦？這件事情要告訴孟尙閎他們嗎？」回教室的路上，程子荻問我。

我想都不用想便搖頭，「感覺他會很生氣，算了吧，反正也沒什麼實質傷害。」

「不過那件事情之後，她就沒再有其他動作對吧，怎麼收手收這麼快？」

「這我就不知道了，或許她發現這麼做沒有意義吧，人總是會在某個時機點忽然醒悟。」

「喂，妳們剛才去哪裡了呀？」剛走到教室所在樓層的樓梯口，就看見孟尙閎和沈品睿兩個人站在走廊上。

孟尙閎一臉狐疑地看著我，我覺得有些彆扭，別過頭，避開他的眼神。

「說不定孟尙閎的態度正是戴昀茜之所以放棄的主因喔。」程子荻附在我耳邊小聲說，隨後便朝沈品睿走去，對他回了句：「沒什麼，隨便走走。」

「喔。」沈品睿聳肩，似乎也不太在意，「對了，上學期妳不是說有一間咖啡廳的折價券嗎？還在使用期限內嗎？」

「對响，我都忘了。」程子荻走回教室找出折價券。

我一轉頭，卻看見沈品睿正衝著我笑。

「幹什麼，這樣很噁心。」我的話換來孟尙閎大笑。

「我只是要說，我算是對妳證明了眞愛存在，那妳呢？妳得向我證明眞愛並不存在呀！」

我都忘記有這個打賭了。

「你不覺得這句話很矛盾嗎？眞愛怎麼會既存在又不存在呢？既然你已經證明了它存在，我就不需要證明它不存在，不是嗎？」

「不要跟我玩文字遊戲，有些東西可以既存在又不存在呀。」沈品睿這句話才像在玩文字遊戲。

「找到了，時間也太巧，使用期限剛好到下個禮拜。」程子荻拿著招待券從教室走出來，揚手揮了揮。

「那要不要今天去呢？還是柴小熙妳要回家陪阿姨？」

「今天應該可以，我等等打個電話回家說一聲。」

聽完我這句話後，孟尚閎臉上浮現一抹奇怪的笑容，我皺眉問他，那個笑是什麼意思。

他眼帶笑意表示：「沒什麼，只是想到上學期妳總是擺出一副生人勿近的樣子，說那女人憑什麼，現在卻知道要打電話回家，人的變化真是不可思議。」

「好了啦，不要說一些有的沒有的。」程子荻打了孟尚閎一下。

「我阿姨說可以。」我看著阿姨回覆給我的訊息。

雖然我和她還不能完全像母女一樣相處，但我們之間總會慢慢地越來越好，是吧？

放學的時候，我們四個前往捷運站附近，租借了腳踏車，由我領頭帶著大家來到那間咖啡廳。

那條筆直寬敞往咖啡廳的道路，讓他們三個都感到驚豔，說沒想到都市裡還會有這樣的世外桃源。

我們將腳踏車停在咖啡廳外，沈品睿拿出手機拍下咖啡廳的外觀，只見他忽然停下：「這咖啡廳叫Mermaid。」

「真的耶，我之前都沒注意過這間店的店名。」我有點意外。

「我不是很喜歡這名字。」沈品睿咕噥。

我想起他家書房裡的那本《人魚公主》。

孟尚閎推開門，程子荻一馬當先往裡頭鑽進去，我看見那對年輕男女站在櫃臺，一如往常帶著親切的笑容。

「嗨！妳來啦！」年輕女人對我微笑。

「今天帶了朋友過來。」我正打算介紹同行友人給她認識，卻見最後進入店內的沈品睿僵立在門口，神情有異。

「我們坐那邊吧，比較隱密，而且好可愛……」前一刻還興高采烈的程子荻也發現沈品睿不對勁。

沈品睿瞪大眼睛盯著年輕女人，而她也一臉驚訝，但隨即展顏一笑：「品睿，好久不見了。」

這下換我們三個愣住了。

看著那個年輕男人尷尬的臉色，我忽然會意過來，怎麼之前都沒有發現，年輕女人和沈品睿長得有些神似呢!?

「妳是沈品云？」我脫口而出。

年輕女人輕輕點頭。

程子荻倒抽一口氣，連孟尚閎都十分訝異。

「妳一直都在這邊？」沈品睿緊握拳頭，聲音顫抖。

「要不要先坐下來，我們聊聊……」沈品云從櫃臺走出來，沈品睿卻用力捶了一旁的木門，巨大的聲響讓所有人都嚇一跳，店內其他客人也紛紛看過來。

「沈品睿……」我輕輕叫了他一聲，卻不知道該說什麼。

「妳知道爸媽一直在找妳嗎？妳卻在這邊開咖啡廳，跟這個男人——」沈品睿大吼，接著他又將凶惡的目光轉向站在櫃臺內的年輕男人。

「我離開的時候，爸媽不是說要跟我斷絕關係？我以爲他們是認眞的。」沈品云緩緩朝沈品睿走去，「我沒有刻意躲藏，所以才留在這個城市，而不是遠走高飛。」

沈品云站到沈品睿面前，想要伸手碰觸他，但沈品睿卻冷冷地轉身往外跑去，這下子我們也慌了。

「妳沒有認出那是沈品睿的姊姊嗎？」難道跟我介紹這間咖啡廳的程子又也沒發現？

「我說過了，我只和沈品睿比較熟，我其實不太認識品云姊，況且她大了我們十歲，我對她的長相根本沒有記憶。」程子荻慌張地解釋。

「我去追他。」孟尙閎說完卻又一頓，「可是，他都這麼大了，還需要我去追嗎？」

「需要啦，如果他發生什麼事情怎麼辦！」程子荻推著孟尙閎。

「初次見面，品睿的姊姊妳好，我想他只是突然見到妳，暫時有些不能接受，但畢竟你們是家人，總會和好的。」孟尙閎對沈品云微笑道別，才騎腳踏車去追人。

「各位，沒事了，很抱歉打擾到大家。」那個年輕男人對店內的客人們道歉，走過來輕捏了下沈品云的肩膀後，又回到櫃臺拿出茶凍，分送給每一位客人。

「沒想到妳是品睿的同學，世界眞小。」沈品云對我淺笑，指了指角落的位子，「不介意的話，我們聊聊吧？」

我點點頭。

程子莜則面露尷尬地說：「我是程子莜，很久很久以前曾經和你們家是鄰居。」

「啊，我記得。」沈品云恍然大悟，「難怪，我就覺得那個孩子好眼熟，原來他是程子又。」

「我哥有認出妳來嗎？」

「沒有耶，我們都覺得彼此很眼熟，但畢竟年齡差這麼多，又好多年沒見了，所以只當是彼此有緣，沒想到居然以前是鄰居。」她瞥了我們身上的制服一眼，「難道你們都是同班同學？」

「是啊，老天很喜歡開玩笑吧？」我說。

「的確，沒想到會以這種形式和他見面……品睿一定很恨我這個姊姊。」

「他一定是很愛妳，才會這麼氣憤。」我由衷這麼想。

「我和他之間的姊弟情誼很奇怪，大概是因爲相差了很多歲，從小就不親，而且他明明是么兒，還是個男孩，從父母那裡得到的關注卻比我還要少。」沈品云說起從前總是跟在她身後的小弟弟，臉上露出微笑，「我知道他很崇拜我，所以我的離開，讓他覺得被背叛了吧。」

沈品云的老公送上三壺熱茶，兩個人相視而笑，捏緊了彼此的手後鬆開，他回到櫃臺，而沈品云垂首輕啜了一口茶。

「妳現在很幸福嗎？」程子荻問。

「如果我們不幸福的話，不就對不起當時私奔的自己？」

這句話讓我和程子荻都皺了眉頭。

「這個意思是……」我們幾乎同時出聲。

「妳記得上次問過我，世上有沒有眞愛嗎？」她輕輕轉動手上的戒指，「愛是曲折離奇的，明明前一刻還讓妳走在幸福的路上，拐個彎卻能傷害妳。」

「我不明白妳的意思。」

我和程子荻的手在桌面下緊緊交握，不知爲何，兩個人都很緊張。

沈品云拔下手上的戒指，放到我們桌前，手工打造的戒指或許充滿心意，卻不如鑽石璀璨。

是否愛情也是如此？

「他知道我最喜歡的童話故事是《人魚公主》，所以用那個故事背景當成設計發想，做了一顆海洋之心給我，湛藍色的塑膠寶石看起來當然一點也不像海洋，但我們都覺得很浪漫。可是人魚公主的結局大家都知道，她變成了泡沫。爲愛奮不顧身、遠離家鄉，那眞的就是愛嗎？所以，眞愛其實是會傷害到人的。」

人魚公主最後成爲了泡沫，再也不存在，連同她的愛，一起消失無蹤。

「我曾期許自己能像人魚公主一樣勇敢，跟隨我的心、跟隨我的愛前行，但我不想成爲泡沫，所以我戴著這個戒指，告訴自己，我很幸福。」

沈品云拿起戒指，戴回無名指，露出微笑，那曾讓我覺得閃閃發亮、幸福溫暖的微笑。

然而她這番話，聽在我耳中卻感到寂寞無比。

走出咖啡廳之前，程子荻轉過身問沈品云：「妳有打算回家嗎？」

「不知道，但我不會離開這裡，如果品睿要見我，他知道我在哪裡。」沈品云對我揮手，「希望很快可以再見到你們。」

離去時，我回頭望了開在一片稻田裡的咖啡廳，就像在大海中孤獨地坐在礁石上的人魚公主一樣，她在這裡等待著誰？

明明已經與「眞愛」在一起，卻依然昂首盼望著什麼？

這樣的愛還算是眞愛嗎？

忽然間，我淚眼婆娑，這景象呼應了咖啡廳中那面牆上的圖畫，在一望無盡的遼闊海洋上，獨自一人的寂寞背影，廣闊的天空與海洋帶給她的，都不是解脫。

我和程子荻也沒心思去吃東西了，各自回家後，我打了電話給孟侚閎，問他現在情況怎麼樣。

「總之，品睿已經安全到家了，但他的思緒很亂，這時候我們就別多說什麼了。」

孟尙閎似乎沒有像我們那樣緊張。

「你怎麼如此心平靜氣呀？」

「因爲所有的事情都一定會有解決的一天，乾著急也沒有用，耐心等著，那一天就會到了。」他說話的方式就像是個老成的大人。

「你這種個性還眞是惹人厭。」

「哈哈，我現在好多了，小時候大概更惹人厭吧，當時可是整天零食不離嘴呢。」

「你覺得沈品睿會告訴他父母嗎？」我還是有點擔心，畢竟沈品睿今天的樣子眞的很失常。

「這我就不知道了，但不論如何都是他的決定。」孟尙閎停頓了一下，才又說：「柴小熙，我想今天一定會讓妳對一些事情產生疑惑。」

孟尙閎說中了我的感觸，我忍不住吐出一連串的問句：「難道你就不疑惑也不訝異嗎？爲什麼你對任何事好像都表現得不是很在乎？不論是沈品睿那私奔的姊姊，還是沈品睿故意藉頹廢的生活來讓父母擔心？你都不在乎？」

「我在乎呀，怎麼會不在乎呢？但是要怎麼表現才叫眞正的在乎？」他反問我。

「這……」我頓時啞口。

「安靜的陪伴，也是一種在乎，不是嗎？」

就像他曾對我做的一樣。

「可是……」

「柴小熙，想太多會很辛苦，人總是會有迷惘的時候。」他仍是那般平和恬淡。

「孟尙閎，那你呢？」

「我？」

「你相信眞愛嗎？」

「我相信。」他的聲音傳遞了他的眞心。

「那我可以相信你嗎？」

他輕笑一聲，「哪方面？」

「你其實很在乎我們。」

「嗯，我很在乎你們，即使我看起來不是很在乎。」

他曾說過，有些人看起來總是在笑，但其實並不表示眞的毫無煩惱，也許他說的就是沈品睿。

如同現在，對於沈品睿的反常，他表現出來的樣子看似事不關己，但他始終陪伴在我們身邊。

「孟尙閎，你眞的、眞的是一個很奇怪的人。」我忍不住哽咽。

「謝謝妳的稱讚。」他的聲音變得柔軟，「愛哭鬼。」

夜晚，我躺在床上左思右想，沈品云那抹苦笑在腦中揮之不去，明明和所愛的人結婚了，爲何還會那麼寂寞？

也許愛就如泥沼般，一踏進去就深陷其中，越是奮力掙扎，越是讓泥濘弄得一身狼狽。

第十章

我原本擔心沈品睿又會一個人躲在家裡消沉，但隔天上學，還沒進到教室就在走廊上聽見他開心的笑聲，讓我稍稍鬆了一口氣。

「早安。」我對已坐在位子上的程子荻說。

倚在窗邊的沈品睿正在和孟尙閎聊天，他的朗朗笑聲不斷傳來。

「沈品睿也太刻意了吧，笑成那個樣子。」程子荻看起來倒是很生氣，說話的音量比平常大。

「是有一點，但或許那是他調適低落情緒的方法。」我在座位上坐下，沈品睿的眼神正巧和我碰上，卻又馬上轉開。

眞是奇怪了，以往他都會跟我打招呼的。

「話說，我昨天回家有跟我哥講這件事。」

「結果呢？」

「我哥說的話很耐人尋味，說什麼比他想像中的還要慢。」程子荻歪著頭。

我一愣，「還是程子又其實早就知道那間咖啡廳的老闆娘就是沈品云？」

「我有問他，他都不明說，但我覺得很有可能，因爲我記得他給我折價券的時候，還說了句『找妳那個青梅竹馬一起去吧』，我那時還想著，跟沈品睿已經八百年沒好好說過話了，怎麼可能找他？誰知道後來……」程子荻聳聳肩。

看樣子，程子又早就知道了，只是不插手，靜靜地等待事情發生，挺像他的作爲。這讓我再次想到他所說的那句話，也許他就是去完了咖啡廳之後，才會對我說：

「眞眞假假，也許才是這個世界眞實的面貌。」

「柴小熙。」

突然，張家宣朝我跑過來，令人意外的是後頭還跟著蕭念絜和周羽菲。

「妳們三個又要幹什麼？」程子荻馬上升起防備。

我瞄見孟尙閎也從座位上站了起來，趕緊對他搖手，要他坐下，別多管閒事。

「只是要和她說幾句話，妳如果擔心也可以一起來。」

話一說完，蕭念絜哼了聲，不等我回答，轉身就走出教室，而周羽菲和張家宣也亦步亦趨跟在她身後。

「怎麼辦？」程子荻徵求我的意見。

「去一下嘍，反正她們也不可能對我們怎樣吧？」我說，再次對孟尙閎搖頭。

「也是，反正就算出什麼問題，妳還有護花使者。」程子荻俏皮地眨眨眼睛。

「不要這樣說。」我推了她一把。

於是我和程子荻一起來到走廊盡頭，她們三個人就站在那裡等著。

「有什麼話要說？」程子荻先發制人，氣勢很足。

這讓蕭念絜挑眉一笑，「程子荻，妳眞奇怪，一開始明明是妳看她不爽，爲什麼現在變成她的好朋友啦？」

「人生際遇，妳們不懂。」程子荻不耐煩地擺擺手，「快點，不是要說話？」

「我們可不想讓妳誤會到畢業，把妳關在地下室的不是我們。」周羽菲氣呼呼地說：「到現在還很多人覺得是我們幹的！」

我和程子荻互看一眼，原來是爲這件事。

「我們知道不是妳們做的。」

我的回答讓她們三個瞪大了眼睛，「所以妳們知道是誰做的？」

「算是知道，但不打算揭發。」程子荻嘆氣，「柴小熙太好心，如果是我，還眞想寫在黑板上公布，但怕孟尙閎暴走，所以算了！」

「所以妳眞的……在與孟尙閎交往嗎？」周羽菲原本凌人的氣燄頓時削弱了一半。

「沒有，我和沈品睿之間也沒有什麼，只是朋友。」我馬上澄清。

「可是就算現在沒有，也不代表以後不會有，妳們都要做好心理準備。」程子荻不忘打預防針。

我無奈地睨了她一眼。

「拜託，就算不是妳，他們也可能會與其他女生交往，妳們總不可能每次都去找他們喜歡的女生麻煩吧？」程子荻一副義正辭嚴的樣子。

「我們當然不會那麼做，誰讓柴小熙的風評這麼差，所以我們才不希望他們被魔女欺騙！」張家宣說得都淚眼汪汪了。

「妳被形容是魔女耶。」程子荻噗嗤一笑，「柴小熙其實是個小女孩，天眞無比，如果妳們擔心的只是這一點的話，那完全沒有問題。」

「哼，我們也不是瞎子，同班了將近一年，早就看清楚她是怎樣的人了……」蕭念絜雙手環胸。

「只是不太甘心，我早就知道自己不會有機會，我高一就跟孟尙閎告白過了……」周羽菲突然說出驚人祕密。

所有人都大喊眞的假的。

「眞的，他當時就拒絕我了。」周羽菲難掩黯然。

「孟尙閎喔……我不是很喜歡他，畢竟他曾在全班面前跟我對罵，不過換個方向想，肯爲女生站出來的男生好像也還不錯。」蕭念絜瞄了張家宣一眼，「沈品睿雖然老是在笑，像個白痴一樣，但其實不好對付，妳喜歡上麻煩的人了。」

「我當然知道，反正這只是青春歲月裡的暗戀，我想等我以後回想起沈品睿，一定也會微笑的。」張家宣說著說著竟眞的哭了出來，變成我們四個要安慰她。

「愛情很麻煩吧？」程子荻低聲在我耳邊說。

我忽然想到，如果有一天孟尙閎牽起某個女生的手，那我會有多寂寞……

如果可以，我不奢求永遠，但在我還需要他的時候，希望他的眼睛只注視著我。

等我們回到教室以後，發現沈品睿不知道跑去哪裡了，只剩孟尙閎一個人在座位上。他看見我平安回來，明顯鬆了一口氣，我對他豎起拇指，表示自己沒事。

他聳了聳肩，那模樣看起來像是在說「妳們女人眞是麻煩」。

此時恰好上課鐘響起，只是一直到老師進教室，沈品睿都沒有出現。

程子荻傳訊息給沈品睿，卻沒得到回覆，她轉而傳給孟尙閎，問他知不知道沈品睿去哪裡了，孟尙閎卻回：「很明顯，蹺課啊。」

「柴小熙，妳去問孟尙閎，他根本都在敷衍我！」程子荻氣到忘記壓低聲音，好在老師正專心書寫黑板。

我只好傳訊息給孟尙閎：「沈品睿有說他蹺課嗎？還是是你猜的？」

「現在是上課時間，他人不在教室，確實是蹺課沒錯。」他附加一張大笑的貼圖。

「認眞一點啦，程子荻很擔心。」

「他有說他這堂課不上啦，妳叫程子荻給他一點空間吧。」

我轉述給程子荻聽，但她看起來卻更憂愁擔心。

「我雖然是他的青梅竹馬，但很多年沒有深交，不知道他的心靈狀態夠不夠強健，應該不會有什麼過激的舉動吧？」

「我也不清楚，但應該是還好吧。」孟尙閎都不緊張了，我們窮擔心什麼呀。

一到下課時間，程子荻還是耐不住性子，提議要去找沈品睿，孟尙閎再次說了要讓他靜一靜，但程子荻很堅持。

「什麼靜一靜呀，是要靜多久？眞的要靜不會請假在家裡靜？跑到學校來強顏歡笑，然後又搞失蹤，分明就是要人擔心他，這多自私！」程子荻喋喋不休。

「程子荻，妳的反應很可疑，該不會妳對他的情感早就不只是青梅竹馬，已經轉變成另一種了吧？」孟尚閎還有空說這種話。

「當然不是，別耍白痴好嗎？」程子荻猛翻白眼，「我擔心他是天經地義，無關風花雪月，只爲知己！」

「純友誼呀，這麼偉大？」孟尚閎壞心地笑著。

「我可不像你，別有居心。」程子荻指著孟尚閎的鼻子哼了聲，「我要出去找他，至少要看到人才安心。」

說完她就逕自跑出教室，我根本來不及叫她。

「我們是不是也要去找一下比較好？」我有些不安地問。

「爲何？」

「當時沈品睿也曾跑遍整間學校找我呀……」

「這兩種情況才不一樣呢！」他看了一下手機，「不過好吧，程子荻說得也沒錯，書包放在教室一整天，人卻不在，還不如請假在家，也不會被老師找麻煩。」

「那我們走吧。」

我們分頭行動，孟尚閎去體育館跟花園，我則負責教學大樓。

結果直到上課時間都已過了十五分鐘，我們還是沒能找到沈品睿。

學校是有多大，他總不可能跑到地下室去吧？那邊上了鎖……說到上鎖，地下室那條鐵鍊原本是拿來鎖住通往頂樓的大門，會不會現在變成頂樓大門沒有鎖？

抱著僥倖的心態，我往頂樓走去，果不其然，通往頂樓的大門未鎖，推門出去一看，沈品睿眞的就在頂樓，他身上灑滿溫暖的陽光。

「唷！」他正坐在地上喝飲料，褲子都沾染了灰塵，見我出現，慵懶地向我舉起一隻手。

「喂，蹺課大王！」我走到他旁邊，拍了一張照片傳給孟尚閎和程子荻，「你知道我們找你找得多辛苦嗎？」

「大概沒有上次我們找妳那樣辛苦吧。」沈品睿聳聳肩，從地上爬起來，拍了拍因灰塵而泛白的褲子。

「上次找我的人手比較多。」

「但是心裡焦急的程度是這次比不上的。」沈品睿雙手撐在欄杆上，「我從沒看過尚閎那麼慌張。」

想起當時孟尚閎滿頭大汗的模樣，我嗯了一聲。

「柴小熙，妳阿姨和爸爸，證明了眞愛確實存在，對吧？」

「這我們之前不是討論過了？」

「那妳說啊，是不是確實存在？」沈品睿堅持要得到答案。

我凝視他，覺得今日的他眞的怪怪的。

頓了頓，我緩緩開口：「嗯，但他們之間除了愛情，還有對我的親情，因爲愛，所以願意選擇寬容與無私。」不知道我這輩子能否像阿姨那樣去愛一個人，連帶愛那個人的一切。

「我其實……」沈品睿將目光投向遠方。

「我以爲你姊姊私奔，是讓你相信眞愛的原因。你不是要我向你證明眞愛不存在嗎？但我現在要告訴你，眞愛是存在的。」

這句話，我說得心虛無比，和沈品云的那場對話，我的確感受到愛情中的矛盾，她明明該幸福快樂的，卻透露著寂寞。

沈品睿用力搖頭，模樣憂傷。

「不，我姊的行爲，是我不相信眞愛的理由，眞愛不應該會讓自己的家人受到傷害。」

「但是她……她很幸福啊，她結婚了。」

「那間咖啡廳叫Mermaid啊！那個童話故事的結局是什麼？她不是因爲愛而離家，是因爲想要『追求愛』而離家！她丟下我們這些眞正愛她的人，去了另一個國度！」沈品睿情緒失控地大吼出聲，表情像是要哭了一樣。

「可是、可是愛她的男人也在那裡呀，他們很……很幸福不是嗎？」我支支吾吾，眼睛不敢看他。

「妳看不出來嗎？我第一眼看見她就知道了，她口中的『愛』早就消失了，她留住

那邊只是逞強，只是不認輸，不想要讓她的私奔變成笑話！」他忽然緊緊攫住我的肩，

「眞愛是不該傷害任何人的。」

沈品云的話語在我腦中響起——

「眞愛是會傷害到人的。」

那麼被傷害的，究竟是旁人，還是自己？

到底所謂的眞愛是什麼？

我從沒有血緣關係的阿姨身上看見了眞愛，她對我的愛，超越一切。

卻又從放棄一切離開的沈品云身上發現眞愛的矛盾。

那天，最後她對我說的話，證明了眞愛並不存在，她之所以還與那個男人相伴，是因爲她和他要是現在過得不幸福、不快樂、不長久，那就對不起當時一頭熱的自己。

我知道的字彙那麼多，此刻卻擠不出半句安慰的話語，只能擁著沈品睿，卻無法給他任何幫助。

我和沈品睿相互擁抱的時候，我感覺到他的身體微微顫抖。

此時，孟尚閎和程子荻喘著大氣出現在頂樓大門口，見到我和沈品睿相擁，兩人雙雙一愣，孟尚閎邁步要走過來，我立刻對他搖手，暗示他們離開。

沈品睿也許正在哭，男人的眼淚不是不輕易給其他人看見嗎？此刻的他正值最脆弱

的時刻，所以更該格外小心對待。

孟尙閎和程子荻面面相覷，然後程子荻先轉身，消失在樓梯間，孟尙閎多看了我幾眼，才握著拳頭步下樓梯，他們兩個都將腳步放到最輕，沈品睿一點也沒察覺。

不知道過了多久，似乎已聽到兩次鐘聲了，沈品睿才吸吸鼻子放開了我。

他有些不好意思，紅通通的鼻子和臉頰看起來很可愛，睫毛上有些溼潤，他果然哭了。

「剛才的事情要是告訴別人，我就宰了妳。」他對我這麼說。

「嗯。」我點頭，決定不告訴他孟尙閎和程子荻剛才其實有來過。

沈品睿定定地望著我，嘆了一口好大的氣。

「柴小熙，我果然——沒辦法喜歡上妳，可能還有點討厭妳。」

「怎麼會是這樣的回答。」他的話讓我失笑。

「妳怎麼會是這樣的反應？」他臉上也帶著笑容。

「不知道，大概是因爲你之前也跟我說過差不多的話。」我聳肩。

「表示我當時的想法和現在一樣呀。」沈品睿再次倚靠在欄杆上，「妳先回去吧，我等一下就下去。」

「不要再蹺課了。」我叮嚀，待他點頭後，我才轉身離開，照孟尙閎的建議，給他一點空間沉澱。

下樓前，沈品睿喊了我一聲，回頭一看，他依然站在欄杆旁，今天沒有刻意塑型的頭髮飄揚在風中，看來有幾分凌亂。

「怎麼了？」

「沒什麼，只是覺得妳長得很蠢。」他咧嘴一笑，對我擺擺手後轉過身。

我不跟他鬥嘴，只是溫聲交代：「你等一下要馬上回教室，知道嗎？」

他伸出右手輕揮了兩下。

回到教室後，老師已經站在講台上，我隨口掰了個理由，說自己因為肚子痛才會遲到。一坐下，程子荻馬上問我沈品睿到底怎麼了。

我從抽屜找出一張紙條，寫下：「他果然不相信眞愛。」

程子荻低頭讀紙條上的字，一臉有看沒有懂的疑惑樣，又嫌棄我寫得太慢，居然直接舉手跟老師說我的肚子又痛了，她要送我去保健室。

於是我們兩個就在上課時間走出教室，朝保健室的方向去。經過一樓中庭時，我抬頭正巧看見從四樓走廊走過的沈品睿，他果然有乖乖回教室，這讓我們都鬆了一口氣。

「快點說！怎麼回事啦？」程子荻迫不及待地追問。

除了沈品睿哭的那件事，我把稍早的情況一五一十全都告訴程子荻，包含沈品睿說他討厭我。

程子荻輕擰眉頭：「他眞的這麼說？」

「是呀。」

「怎麼可能，沈品睿怎麼可能對女生說這種話，他就算愛損我，也不曾說過這樣的話。」

「但他就是說了呀。」

程子荻看起來不是很相信，「……他這麼說，妳一點也不難過嗎？」

我思索了一下，搖搖頭，「眞的沒有難過的感覺，怎麼說呢，感覺他就是會說出這樣的話。」

「他不是討厭妳吧。」程子荻這麼判斷。

「或許吧。」我也說。

我們兩個就在保健室外頭發了好一會兒呆，掐好時間才回教室。

後來一整天，沈品睿沒再蹺課，也沒再發出那種誇張的假笑，貌似已經恢復正常。

放學的時候，我們四個聚在一起，程子荻提議去吃點東西，沈品睿想了一會兒卻說：「我還是先回家好了。」

「怎麼了嗎？」程子荻爲他很緊張。

「我也許會把這件事情告訴爸媽，畢竟他們很想念姊姊。」他扯了扯嘴角，看著我的臉，「所以柴小熙，我們一起加油吧，妳跟妳的阿姨，我跟我的爸媽。」

「我和阿姨現在很好呀……」我微笑。

沈品睿點點頭，「我知道，但一定還有些疙瘩吧？希望那些也能快速消散。」

「你一個人沒事？」孟尙閎終於說了一句關心沈品睿的話。

「沒事啦，放心！」沈品睿拍拍自己的胸膛，「那明天見啦。」

說完，沈品睿跑出教室，程子荻隨即也拿起書包，對我們揮手道別：「我還是要看著他進家門才放心，先走啦，拜拜！」

「程子荻要是有個弟弟，大概就像這樣吧。」望著他們遠去的背影，我說。

「嗯，大概吧。」孟尙閎偏著頭看我，「那我們也走吧。」

「我們回家的方向不同吧？」

「但都要走出校門啊。」孟尙閎朝我伸出手，輕輕晃動。

我看著他的手心微微皺眉，「這是……要幹麼？」

「伸手不就是要牽手嗎？」他說得很理所當然。

「伸手也可以是要錢。」我才不要牽，直接略過他往外走去。

孟尙閎跟了上來，問我最近和阿姨相處的狀況。

其實我和阿姨的生活模式就像以前一樣，只是她不會再刻意對我冷嘲熱諷，溫柔也許才是她最原本的模樣。

「妳還打算叫她阿姨嗎？」到了捷運站時，孟尙閎跟著我走下樓梯。

「你家搭公車比較快吧？」我故意忽略他的問題不答。

「搭捷運也可以到。」孟尙閎一臉無所謂地繼續邁步，「所以妳還打算繼續叫她阿姨嗎？」

我眞是搞不懂他要幹麼。

「不然我要叫她什麼？」

「妳可以叫她媽呀。」他掏出悠遊卡，刷過了閘門。

「會不會太刻意了？」我也通過閘門，和他並肩站在月台上。

「她應該會很高興，雖然口頭上會說妳叫她什麼都可以，但其實還是希望能聽到妳叫她一聲媽媽吧。」

「是這樣嗎？」我咬著下唇，「好吧，也許可以試試——」

話都還沒說完，我忽然被孟尙閦拉入懷裡，捷運列車正巧在此時入站，颳起的風讓孟尙閦身上的味道飄揚在四周的空氣裡。

「你、你幹什麼？」我緊張地喊，試圖推開他，但是人高馬大的孟尙閦力氣當然也很大。

他根本不允許我推開他，雙手在我的背上來回撫摸，讓我差點失控尖叫。

附近的路人見到這幕，先是一愣，有些露出曖昧的神色，有些則一臉嫌棄。

我拍打著孟尙閦攬著我的雙臂，要他快點放開。

他一直等到列車駛遠之後，手才鬆開，一臉無辜表情。

「你在幹麼啦！變態、色狼！」我臉頰發燙，伸手打了他。

「我只是把品睿碰過妳的地方也碰一次，這樣還好吧？」他一副超級理所當然的樣子。

「你、你說什麼啦！不要說一些有的沒有的……」我無法直視他，雙眼不知該看哪兒地亂飄。

「我可沒有胡說，以前的事情就算了，如今在我眼前居然被別的男人擁抱，怎麼可以啊！」

他十足認眞，卻讓我目瞪口呆。很快地，下一班列車駛進月台了。

「好了，妳的車來了。」孟尙閎咧嘴微笑，像個沒事人兒一樣將我推入車廂，「明天見啦，小熙。」

「幹麼叫我小熙。」他喊得親暱，令我回過神。

「就想叫妳小熙嘍！」他朝我揮手，列車門關上，玻璃映照出我發紅的臉頰。

現在……是怎樣啦！

我換下制服，愣愣地坐在房間裡，孟尙閎的體溫彷彿還黏附在我身上，這不是我第一次和男生擁抱，可是我的感覺卻和以前有很大的不同。

「小熙，吃飯嘍。」阿姨的聲音從廚房傳來。

「好──」我深吸一口氣，踏出房門。

「妳今天臉怎麼這麼紅？」阿姨問我。

爸爸也跟著朝我的臉猛瞧：「有嗎？我怎麼看不出來？」

我摸摸臉頰，阿姨從以前就能察覺很多細微的變化，她眞的很注意我。

「還好，沒什麼啦。」我扯動嘴角，趕緊大口吃飯。

阿姨彷彿觀察出什麼，只是輕笑了幾聲，便開始閒話家常。

飯後，我打開冰箱想找水果吃，裡頭依然堆放許多蘋果，我下意識對正在洗碗的她喊：「媽，下次不必只買蘋果，我其實什麼水果都吃。」

鏘啷一聲，我聽見盤子摔碎在地上的聲音，一回過頭，只見她熱淚盈眶地瞅著我。

「妳叫我……什麼？」

這下子換我有些害羞外加彆扭，「那個……媽。」

她瞬間衝過來緊緊抱住我，在我耳邊啜泣。

只是換了一個稱呼，竟能讓她如此高興，我輕擁著她，心口像有什麼暖暖的東西流過……

或許是最近許多事情的發展都朝令人開心的方向走，我感覺到以往總是緊繃的神經終於鬆懈下來，夜裡也睡得格外香甜。

今天早上，居然等到媽來房間叫我起床，才猛然驚醒，匆忙趕到學校。

「妳難得這麼晚。」程子荻喝著奶茶，正站在走廊上和那兩個男生說話。

一見到孟尙閎，我的心跳變得紊亂，趕緊跑進教室把書包放在位子上，卻不敢走出去。

「害羞什麼？」孟尙閎從窗戶探頭進來，不懷好意地笑。

「才沒有，走開啦！」我一把推開他的臉。

「欸，我想去那間咖啡廳。」沈品睿忽然插話。

「現在？」我和程子荻異口同聲。

「對，現在，我怕等到放學就沒有勇氣了。」沈品睿握著拳頭，「我昨天考慮了一整個晚上，還是沒有把這件事情告訴我爸媽。」

「為什麼不說？」我忍不住提高音量，「我都已經……」

「妳已經怎樣？」孟尚閎問。

「就是……叫她媽媽了……」低下頭，我臉上一熱，覺得說出這件事跟面對孟尚閎一樣害羞。

因為好像是我聽了孟尚閎的話才這麼做的嘛！

「這樣就對啦，很乖很乖。」孟尚閎伸出大手在我頭頂揉著，邊看向沈品睿問，「所以要我們陪你去嗎？」

「四個人一起蹺課，好像太明顯了。」他看起來很猶豫。

「我倒是很想穿著制服蹺課一次呢。」程子荻居然興奮地同意。

「為了朋友，我願意冒著被父母痛罵的風險。」孟尚閎也一副捨命陪君子的模樣。

他們三個的目光投向我，我笑了笑，「那還用說？」

四個人的大逃脫就這樣拉開序幕。

首先，他們兩個男生趁下課先翻牆出去，跑了兩趟捷運站，租借來四台腳踏車到翻牆處等我們。

我和程子荻則等到上課時間過了十五分鐘，舉手跟老師說我身體不舒服，程子荻要送我去保健室，然後我們再跟著翻牆爬出去。

但我和程子荻都沒有翻牆的經驗，只能呆呆地仰望比我們高上不少的圍牆，思索到底該怎麼翻過去？

「眞的很笨呢。」孟尙閎的聲音從牆壁後方傳來，接著是腳步踩往牆面的聲音，下個瞬間他就坐在牆頂上了。

「來，抓住我的手。」他輕而易舉就將我拉上去，「不要坐下來，直接往下跳，品睿會接住妳。」

「你不是說不要讓其他男人……」話還沒說完，就看見孟尙閎笑得超開心，我眞後悔說了這句話，「算了，當我沒說。」

「非常時期，我等一下再碰回來就好。」孟尙閎居然俏皮地對我眨眼睛。

這個人是怎麼回事，而為此心跳加速的我更是怎麼回事？

「不要！」我立刻往下跳。

圍牆看起來很高，實際上還好，沈品睿穩穩接住了我。

「柴小熙，妳比想像中的還要重。」他故意哀號。

「哪有！」我捏了沈品睿的手。

隨後程子荻也跟著跳了下來，沈品睿趕緊接住她。

「好啦，我們快出發，最好下節課就能回來。」

四個人踩著腳踏車趕緊出發，我的心臟咚咚跳著，雖然不是第一次蹺課，卻是第一次從學校翻牆而出，更別說還跟一群朋友一起。

我不自覺浮起笑容，轉過頭，與我四目相接的他們也回以微笑。

我們朝咖啡廳的方向前進，我忽然覺得，一切一定都可以圓滿落幕。

把腳踏車停放在跟上次一樣的地方，這次沈品睿第一個推門走進咖啡廳，沈品云喊了歡迎光臨，發現來者是自己的弟弟，露出欣慰的微笑。

「快點進來坐呀。」她熱情地招手。

「不了，我們是蹺課出來的，得快點回去才行，所以我站著說就好。」沈品睿拳頭緊握。

沈品云點頭，帶著淺淺笑意，彷彿不論沈品睿要說什麼，她都可以接受。

「我只是要告訴妳，家門永遠會爲妳敞開，那是妳最不需要顧忌的避風港。」沈品睿說完，立刻背過身面朝我們，整張臉漲得通紅，像在忍耐著什麼。

「快走了，回學校！」沈品睿對我們大喊。

但沈品云快步走來，從後面抱住他，「謝謝你。」

這句話一出，他們姊弟倆都流下了眼淚，我們三個識趣地趕緊轉身，不去看沈品睿的淚水。

「不管妳做怎樣的決定，妳永遠都是我姊姊……我永遠都會支持妳……」沈品睿顫抖地說，聲音微弱卻堅定。

我頓時也熱淚盈眶，這份祝福，不也是眞愛嗎？

偷偷覷向周遭的人，程子荻就不用說了，眼淚撲簌簌地掉個不停，而孟尙閎也難得紅了鼻子。

這才是《人魚公主》最完美的結局，回家不需要殺了王子，回家，是不需要任何代價的。

我抬頭看向天空，如今我終於不再感到寂寞。

尾聲

程子又：

轉到三淵之後，我才看清了一些以前在聖中沒能看清的事，也讓我明白你對我的付出與情感。

我眞的、眞的很抱歉，依照你的個性一定會說不需要道歉，但我還是要說。

我也欠你一個告白的答案，對不起，我沒有喜歡上你過，這一點我非常遺憾，但剛來三淵的時候，我時常想起你的陪伴以及你說過的話。

謝謝你喜歡過我，謝謝你陪伴過我一段時間。

最後，希望你這輩子都不會再遇到我這樣的壞女孩。

祝你幸福。

柴小熙

我在信封上寫下程子又的名字，把信紙放進去，打算明天請程子荻轉交。

也許此刻對程子又來說，與我的那段過去已經不算什麼，但我還是要和他說清楚，他認眞地向我告白，我卻隨便應允和他交往。

寫完這封信後，內心輕鬆不少。

也許還有很多事沒有解決，也許我處理事情的方式都還不夠圓滿，但我們本來就是還在摸索世界的雛鳥，會犯錯也會迷路，我相信我們最後還是會走上適合自己的道路。

手機鈴聲陡然響起，是沒見過的號碼。

「柴小熙嗎？我是之杏。」

「之杏，怎麼回事？」眞是出乎意料的來電者。

「妳今天怎麼沒過來？」

「過來……哪裡？」我一頭霧水。

「我們家啊，尙閎要轉學了，今天是歡送會。」

我的雙眼瞬間瞠大。什麼意思？

「快點過來！」她報出家裡的地址，然後就掛掉電話。

我震驚不已。

爲什麼……什麼時候說要轉學了？現在都要高三了，哪有人這時候轉學？

我腦中一團混亂，邊趕緊換了衣服，告訴爸媽要出門一趟，急匆匆搭上捷運。

一路上越想越不對勁，感覺之杏在騙我，但是爲什麼要騙我？

她沒有理由騙我，所以是眞的嗎？

人越是緊張就越容易胡思亂想，等我回過神來的時候，我正在馬路上狂奔，眞的好希望能快點見到孟尙閎。

我忽然意識到，也許這輩子不會再這樣盡全力奔馳，積極去追求某樣東西，去追求某個人了。

孟尙閎的家居然比沈品睿還要誇張，雖然不是獨棟，但也算豪宅，一看就知道他家超有錢的。

經由警衛通報，之杏從對講機指示我從右邊的大樓進去，裡頭的公設宛如歐洲花園般，我一路走得戰戰兢兢，連電梯也大得誇張。

「妳怎麼……」孟尙閎前來開門，對於我的到來十分訝異。

我側頭偷看他家裡面，果然正在舉辦派對，我克制不住哭了起來。

「你要轉學了怎麼沒跟我說？」

「啊？」孟尙閎一臉莫名奇妙，回頭朝裡面大喊：「孟之杏！妳說了什麼嗎？」

之杏笑嘻嘻地跑了過來，她身上穿著可愛的紅色洋裝，嬌俏地眨眨眼睛，「說了一點謊，這可是我送你的生日禮物喔。」

她臉上雖掛著微笑，我卻覺得帶著淡淡的傷感。

我咬著下唇，訝異地看向孟尙閎：「今天是你生日？」

孟尙閎聳聳肩膀，沒正面回答。

我轉而看向之杏，「那也就是妳的生日嘍？」

「哦，不，我生日已經過了。」之杏又笑了，拿出一雙室內拖鞋放到地板上，「柴小熙，謝謝妳了。」

她的話讓我滿心疑惑，還來不及問清楚，她已轉身走開，這時我才注意到屋內還有其他人，我突然覺得整個人就要虛脫，雙腿無力地一軟。

孟尙閎急忙接住我，「哇！妳沒事吧？怎麼流這麼多汗，跑過來的嗎？」

「我以爲你要轉學，嚇死我了！」我感覺自己的臉上淚痕斑斑。

他露出開心的笑容，「捨不得我離開呀？」

我用力點頭，坦率的反應倒讓他慌亂了起來。

屋內其他人朝我們的方向看來，其中一個還對著裡面的人叫嚣：「孟尙閎帶女生回來！」

「我想我們還是先出去好了。」孟尙閎面露尷尬，拉著我往外走，關上門之前，聽見裡頭傳來好幾個女生吵鬧的聲音。

「什麼？孟尙閎帶女生回來？」

「在哪裡，我要看！」

「喂，你們要去哪兒啦！」

孟尙閎一臉無奈看著我，「我的姊姊們。」

我充分感受到，他被眾人所愛，即便沈品睿曾說過孟尙閎的父母貌合神離，但他擁有三個姊姊的愛，他的家也透露出溫暖溫馨的感覺。

也許，正是因爲如此，他才希望我和沈品睿都可以好好和家人相處。

但這只是我的猜測。

「等妳冷靜一點以後，再帶妳進去。」

「然後讓我看你小時候的照片。」我吸吸鼻子。

「妳居然還記得！」他捂唇失笑。

「之杏和你不是雙胞胎嗎？生日怎麼不是同一天？」我提出疑問。

「愛是經由相處產生的，跟血緣無關。」孟尙閎微笑，領著我走到另一頭的公設空中花園。

我和他並肩而站，舉目眺望遠處，彷彿心裡所有煩躁都能沉靜下來，過往回憶逐漸湧上。

生日不在同一天的雙胞胎，之杏那藏在心底的愛情，以及把滿足父母的期盼當作最重要的事，卻口口聲聲說愛是經由相處產生，而非血緣的孟尙閎……

也許他的身世，比我想像得更爲複雜。

然而孟尙閎卻不怨天尤人，也不自怨自艾，他珍惜所擁有的一切。

反觀我，大概眞的很渴望得到愛吧，才會笨到隨便跟男生交往，卻遲遲沒發現這麼做根本得不到愛。

眞正的愛，早就環繞在我身邊。

爸爸和阿姨都非常愛我，那樣的愛如此純粹、眞實，且不求回報，如果不是孟尙閎，我將不會察覺到這一點。

這也是我拚盡全力奔來找他的原因。

「孟尚閎，你記得我說過喜歡你嗎？」方才激動的情緒已完全沉澱，我平靜地開口。

他輕輕點頭，瞇著眼睛望向遠方，風吹拂過他額前稍長的瀏海。

「妳還說也喜歡沈品睿、程子荻呢。」

「是呀，我很喜歡你們，能轉來三淵，能遇見你們，眞是太好了。」

孟尚閎側過頭，對我溫柔一笑，我從以前就覺得，他的笑容眞是好看。

「我也喜歡妳，更喜歡現在的妳。」

我微微勾起嘴角，「是呀，跟喜歡沈品睿和……」

「不一樣喔。」

他的話讓我愣了一下，心裡深處有某個東西像被點燃了。

他雙目灼灼凝視著我，清澈眼瞳中映出笑意，「我喜歡妳，和喜歡他們的那種成分不一樣。」

心頭洋溢的暖流，令我掩藏不住滿臉喜悅，「那我想，我們兩個是一樣的。」

聞言，他絲毫不顯訝異，薄唇抿出一彎上揚的弧度，對我張開了雙手。

我沒有一絲猶豫地走入他的懷抱之中，狂風吹亂我們的頭髮，髮絲在風中飛揚交纏。

孟尚閎緊擁住我，大掌熨燙著我的肩膀後背，我胸口滿溢的情感幾乎潰堤，轉爲實質的眼淚。

因爲愛而哭泣，是我從未想像過的。

在顚簸的人生旅途中能夠遇見他，實在太好了。

也許就該歷經波折，讓傷痕和經驗成就出更成熟的我們。

我想，就算在化爲泡沫的瞬間，人魚公主也不會後悔自己曾經如此努力爲愛情付出。

或許，即便是眞愛也有消散的一日，所有一切終將化爲泡影，但曾發生過的故事，以及所帶來的回憶，都不會白費。

那段曾經若是少了你，將不再是我的時光。

全文完

後記

化爲泡沫也心甘情願

《人魚公主》的結局有兩種版本，大家最耳熟能詳的應該就是迪士尼版的小美人魚，結局完美幸福，不但得到王子的愛，還拿回了聲音。

可是安徒生筆下的原始版本，人魚公主不僅得不到愛，又下不了手傷害王子，最後選擇成爲泡沫。

我覺得安徒生版的人魚公主，更加貼近現實。

有時候我們都像人魚公主一樣付出許多，卻得不到任何回報，但並不會因此而忍心傷害對方，畢竟那是最喜歡的人呀。雖然得不到對方的愛，我們也不會不幸地化爲泡沫，但心上的某部分確實就像是消失了。

可是，那些消失的東西，卻成爲一種養分，讓我們變得更加堅強。

這本書中，透過幾個主要角色對於愛情的觀點，來探討眞愛是否存在，眞愛當然是存在的，而且它並不侷限於愛情。

來談談柴小熙這個女主角，她的名字幾乎是直接從我的腦袋迸出來，不知道爲什麼，這三個字好像已經存在很久，就等著出現在這個故事裡一樣。

壞女孩總是比壞男孩更容易受到撻伐，故事中的柴小熙流連於眾多男生之間，用這種方式表達對愛情的輕視，卻又用這種方式尋找愛情。

柴小熙並不是人魚公主，沈品云才是她心中對於人魚公主的投射。

然而沈品云經歷千辛萬苦獲得愛情以後，那份愛卻消逝了，爲了不讓這些化爲泡影，她只好死守著，假裝愛情還在，假裝自己還很幸福。

其實，我們每個人何嘗不是人魚公主呢？總是願意爲了追求愛情付出些什麼。

柴小熙的繼母是、孟之杏是、柴小熙也是。

願大家都可以當個聰明、勇敢的人魚公主。

另外還是要特別聲明一件事，故事中寫到關於柴小熙的繼母與她爸爸之間的情感糾葛，那並不代表我贊同發生婚外戀情。只是，如果自己的父母也陷入了類似的情感糾紛，我的想法則如同孟尚閎所說，別讓上一代的恩怨影響到自己，畢竟那些愛恨情仇都是他們的事，我們只要專注地爲自己生活，知道他們過得快樂幸福就好。

至於沈品睿和柴小熙的相處模式，是否讓大家除了小鹿亂撞之外，也有點心生疑惑呢？到底沈品睿對柴小熙懷抱的感情是什麼？這部分我就不多加說明了，把故事寫到這裡，後來的發展各位要如何想像，就交給你們自行腦補了。

最後想問問大家，各位最喜歡書裡的哪一幕劇情呢？

寫完這個故事以後，讓我最常想到的橋段，就是柴小熙的繼母對她說：「我很愛妳」，小熙卻哭著回答：「妳怎麼有辦法愛我？」

另一幕也讓我印象深刻的劇情是，柴小熙打電話要孟尙閎對她說聲加油，孟尙閎什麼也沒問，就說了那句話。孟尙閎總是用一種很獨特的方式陪伴柴小熙，即便他看起來好像滿不在乎，但他其實很在乎，溫柔地用自己的方式在乎。

至於孟家四姊弟……從以前就看著我的書的各位，想必會在這本書裡感覺到重重伏筆吧，這次就不隱瞞了，是的，就是你們想的那樣，畢竟上次「青春疼痛三部曲」我瞞了一年好辛苦呀。（笑）

那我們就下次見吧！

Misa

國家圖書館出版品預行編目資料

人魚不哭 / Misa著. -- 初版. -- 臺北市；城邦原創,
2016.04
面；公分. --

ISBN 978-986-92937-0-9（平裝）

857.7　　105004759

人魚不哭

作　　者／Misa
企畫選書／楊馥蔓
責任編輯／楊馥蔓

行銷業務／林政杰
總 編 輯／楊馥蔓
總 經 理／伍文翠
發 行 人／何飛鵬
法律顧問／元禾法律事務所　王子文律師
出　　版／城邦原創股份有限公司
台北市中山區民生東路二段 141 號 6 樓
電話：(02) 2509-5506　傳真：(02) 2500-1933
E-mail：service@popo.tw
發　　行／英屬蓋曼群島商家庭傳媒股份有限公司城邦分公司
聯絡地址：台北市中山區民生東路二段 141 號 11 樓
書虫客服服務專線：(02) 25007718．(02) 25007719
24小時傳眞服務：(02) 25001990．(02) 25001991
服務時間：週一至週五09:30-12:00．13:30-17:00
郵撥帳號：19863813　戶名：書虫股份有限公司
讀者服務信箱 email：service@readingclub.com.tw
城邦讀書花園網址：www.cite.com.tw
香港發行所／城邦（香港）出版集團有限公司
地址：香港灣仔駱克道 193 號東超商業中心 1 樓
email：hkcite@biznetvigator.com
電話：(852)25086231　傳眞：(852) 25789337
馬新發行所／城邦（馬新）出版集團 Cité(M)Sdn. Bhd.
41, Jalan Radin Anum, Bandar Baru Sri Petaling,
57000 Kuala Lumpur, Malaysia.
電話：(603) 90563833　傳眞：(603) 90576622
email：services@cite.my

封面設計／黃聖文
電腦排版／游淑萍
印　　刷／漾格科技股份有限公司
經 銷 商／聯合發行股份有限公司
電話：(02)2917-8022　傳眞：(02)2911-0053

■ 2016 年 4月初版
■ 2023 年 8月初版 18.7 刷
Printed in Taiwan

定價 / 240元

ISBN　978-986-92937-0-9

城邦讀書花園
www.cite.com.tw